机器时代的诗歌

王学东 著

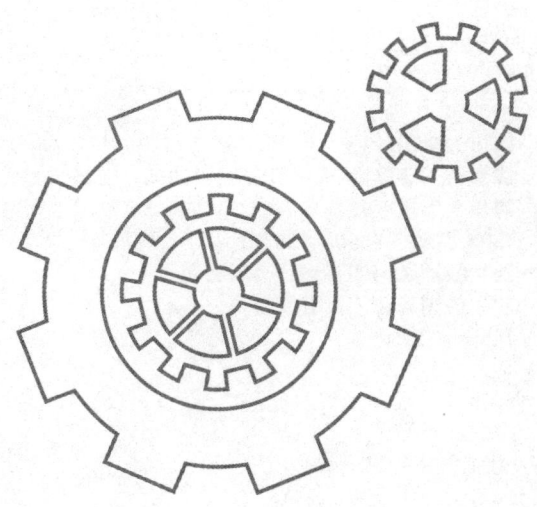

项目策划：王　军　欧凤偃　王　冰
责任编辑：宋　颖
责任校对：张伊伊
封面设计：墨创文化
责任印制：王　炜

图书在版编目（CIP）数据

机器时代的诗歌 / 王学东著 . — 成都：四川大学出版社，2021.9
（明远星辰文库）
ISBN 978-7-5690-4928-2

Ⅰ．①机… Ⅱ．①王… Ⅲ．①诗集－中国－当代 Ⅳ．①I227

中国版本图书馆 CIP 数据核字（2021）第 174363 号

书名	机器时代的诗歌
	JIQI SHIDAI DE SHIGE
著　者	王学东
出　版	四川大学出版社
地　址	成都市一环路南一段 24 号（610065）
发　行	四川大学出版社
书　号	ISBN 978-7-5690-4928-2
印前制作	四川胜翔数码印务设计有限公司
印　刷	四川盛图彩色印刷有限公司
成品尺寸	145mm×210mm
插　页	1
印　张	5
字　数	119 千字
版　次	2021 年 9 月第 1 版
印　次	2021 年 9 月第 1 次印刷
定　价	32.00 元

◆版权所有 ◆侵权必究

◆ 读者邮购本书，请与本社发行科联系。
电话：(028)85408408/(028)85401670/(028)86408023　邮政编码：610065
◆ 本社图书如有印装质量问题，请寄回出版社调换。
◆ 网址：http://press.scu.edu.cn

四川大学出版社
微信公众号

总序

由四川大学文学与新闻学院、四川大学出版社、四川大学对外联络办公室共同发起、组织的"明远星辰文库"终于问世了,这是第一套正式出版的四川大学校园文丛,有着特别的历史意义。这套文库每年的新书发布会,将成为四川大学校庆期间的文化活动之一,发挥凝聚学生、联络校友的重要作用。作为活动的组织者之一,我有一种克制不住的由衷的喜悦。借此机会,也想来说一说我所见闻的校园文学往事。

一百余年前,北京大学的老师安徽人胡适之、成都高等师范学校(四川大学前身)的老师成都人叶伯和先后开始了白话新诗写作,积少成多,风气渐开,中国新诗与中国新文学如星星之火一般,终于形成燎原之势。中国现代文学诞生在高等院校的校园里,来自校园里或许还相当稚嫩的文字,在这片土地上开掘出一条越来越宽广的大道,通向生机无限的未来。

近四十年前,我在大学与文学深情相遇。经历了20世纪70年代荒芜的中学生活之后,一个青年学生的艺术思维被真正激活,多少个诗歌与散文相伴的夜晚,抒情的、智慧的声音,优美的、忧郁的、激昂的文字撞开了想象的天窗,历史与现实的激情在这里重合、汇流。朦胧诗的论争,各种民间刊物的流传,谢冕教授出现在北京师范大学的阶梯教室,诗人的激动裹挟着论争的焦虑,后来我们有了文学活动频繁的五四文学社,有了以舒婷诗集命名的《双桅船》杂志,有了《五四文学报》。就是在那时,一位高原诗人率领"中国诗歌天体星团"扫荡北京各大高校,抵达北京师范大学,他的嗓子嘶哑到已经无法亲自朗诵诗作了,但显然又十分不满意他人的"代诵",待到情急之际,竟突然跳上三尺讲台,在半空中时而挥舞双臂,时而回头在黑板上奋力写下各种奇异的句子……也是那一年冬天,我带着《双桅船》和《五四文学报》回到家乡重庆,在重庆师范学院的学生宿舍里找到燕晓冬,希望与这位"大学生诗派"的主将交换刊物。踏进重师校门的时刻,身居北京所形成的那种"中心"意识曾经让我进出一个念头:在这里,也敢公然代表"大学生诗派"——今天想来,这样的"中心"意识真是狭隘得可笑!

"大学生诗派"就是在远离中国教育与政治中心的地方矗立起来的,这样的命名不仅贴合山城重庆作为"诗歌之城"的现实,更是先锋性地道出了20世纪80年代中国新诗在校园蓬勃发展的未来,几年之后,才有评论家认真关注中国当代诗歌创作中的"校园诗歌"现象。

中国的学校教育,尤其是高等教育占据着文化金字塔的塔尖,因为受中国语言文化的熏染,这里的人们往往成为一系列重要社会现象的最积极思考者,并最终成为某种新的文化思潮的创立者、领导者。如果说文学发展的动力同时存在于"非精英"的凡俗人生与"精英"的文化空间,那么肯定是凡俗的人生给我们带来了种种真切的冲动,而来自文化空间的话语结构则促使我们将这些冲动编织成艺术的逻辑,或者完善为文学的新秩序。

一百年之前,是浸润过异域高等学堂教育的胡适之、叶伯和们为中国编织了艺术新逻辑,重建了文学的新秩序。

四十年前,中国校园文学的崛起推进了新时期诗歌艺术与文学艺术的发展,虽然此后文学的范围不断扩展,到20世纪90年代又有所谓"民间写作"与"知识分子写作"的论争,21世纪还出现了"打工诗歌""底层写作",但有意思的是,自称"民间写作"的人大多还是来自"校园",最"资格"的底层写作也不断将他们的出版物寄送至各大高校,包括收藏各种底层创作最丰富的四川大学刘福春文献馆,几乎所有的文学流派都希望能够在校园里找到热情的回应。

中国当代文学的前行当然离不开大学校园这一重镇,新的燎原之火依然期待我们的大学生继续点燃校园创作的星星火苗。这就是校园文学的使命。

作为西南地区历史底蕴深厚的高等学府,四川大学经历了一系列复杂的演化、聚合与重组过程,众多富有历史影响的知识分子在不同的时期与川大结缘,构成"川大文脉"的一部分。例如四川省城高等学校下属机构的分设中学堂时期的学生郭沫若与李劼人,公立外国语专门学校时期的学生巴金,成都高等师范学校时期的受聘教师叶伯和,国立成都大学时期的受聘教师李劼人、吴虞、吴芳吉,国立四川大学时期的陈衡哲、刘大杰、朱光潜、卞之琳、熊佛西、林如稷、刘盛亚、罗念生、饶孟侃、吴宓、孙伏园、陈炜谟，新中国成立以后的川大学生中则先后出现了流沙河、童恩正、杨应章、郁小萍、易丹、张放、周昌义、莫怀戚、何大草、徐慧、赵野、唐亚平、胡冬、颜歌等。值得注意的是，我在这里写下的名字是教授、学者、大学生、博士或硕士研究生，但他们同时也是一位又一位知名作家，四川大学已经用自己的历史向人们"证伪"了一个流传已久的经典判断：高等院校不能培养作家。高等教育究竟能不能培养作家，这可能首先并不是一个理论问题，而是一个需要在实践中认真观察、总结的现实问题。因为，从现存的各种文学理论框架中提炼不出作家养成的适用条款，让习惯于照本宣科的教师无从取法，但是，在我们不曾留意的校园某处，却总有一个又一个写作者在默默成长，有的早早就引人注目，却难以被纳入既有的教育逻辑，更多的则是另辟蹊径，自由发展，直到有一天赫然挺立，脱胎换骨，成了"母校的骄傲"。这个时候，其实轮到了我们的大学教育自我反省：是那些校园写作太过另类，超出了教育规则的约束，还是我们的教育本身就需要一次新的检讨？

当然，教育的反思和改革总是一个需要时间付出的过程，即便当今如火如荼的"创意写作"尝试也还有不少亟待解决的难题，但是在一切理论的"定稿"最终出台之前，对现有校园文学的鼓励、扶持、观察和总结则是我们应有的责任，尤其在四川大学这样一个创作传统绵延不绝的地方，我们没有理由不积极工作，至少能为这里本来就存在的文学火种添薪加柴，以我们有限的温暖呵护那些幼小的青苗，迎接他们即将到来的生机勃发的季节。

总　序

　　在这个意义上,"明远星辰文库"的设立是一次传递文学暖意的教育新尝试,在它刚刚搭起的阳光大棚里,希望有更多年轻的生命在新时代自由生长。

　　感谢四川大学出版社,感谢四川大学对外联络办公室,感谢四川大学文学与新闻学院,感谢所有策划、支持和参与这一"暖阳"活动的领导、老师和同学们!温暖人性的文学在我们大家心上。

李　怡

2021 年 8 月于江安校园

机器，成为诗歌创作的一部分

（意）朱西

《机器时代的诗歌》，王学东诗集的这一命名是非常鼓舞人心的。通过"机器"这个词，进入一个具体的时代。在意大利20世纪的未来主义时代，"机器"成为诗歌创作的一部分。那时，飞机、火车、汽车都成了现代生活新节奏的代表。在王学东的标题中，引人注目的是"机器"的概念，它使读者更接近工厂生产的产品，或机器生产的东西。

在中国这样一个制造大国，"机器"这个概念又变得非常尖锐和实际。机器的一个特征是它可以无限地再现相同的生产，因此制造了大量相同的产品。而体现在诗歌创作上，我们当然也非常需要这样尖锐而实际的诗歌作品。

值得注意的是，在王学东的诗作中，重复的元素大量出现：《商籁体机器（组诗）》中每首诗的标题中都有"机器"这个词；《如是我闻（组诗）》中，每首诗都以"如是我闻"作为开头。

除此之外，另一个经常出现的元素是在《来自灵山的短诗（组诗）》中，各首诗的标题都重复了"诗"字。在《苦海（组诗）》中，每首诗都以"苦海"重复。在《十支情歌（组诗）》中，每首诗的标题都含有"情歌"这个词。同样地，在《十首哀歌（组诗）》中，"哀歌"在每首诗歌标题中不断重复。在《没有个性的诗（组诗）》中，每首诗都以"没有个性的××"重复。

上面提到的重复，呈现了诗人对标题的这一连贯方法的由衷关注。今天生活中充斥着我们的行为、愿望的重复，它们由技术因素支配。由此，这本诗集彰显出一个重要的主题，虽然我们认为我们在使用这些技术因素，但事实上我们最终会被那些功率超出我们控制范围的机器所使用。

王学东的诗集刻画了由机器主导的当代生活，这还包括他对数字的关注。《苦海（组诗）》在每个标题中都有"苦海"字样，后面跟1到9的数字。"情歌"和"哀歌"也用"第一""第二"等编号，直到"第十"。当然，这也可能意味着王学东对数字10另有所托，象征他对完整、丰满的诉求。

在与数字10相反的方向上，再一次重复的是题为中国传统文化内容中充满意义的词语"无"的《王氏家谱（组诗）》，以及符号"×"在诗集中的重复。"无"和"×"，以某种方式显示缺少的东西。因此，与完整性相比，它们似乎朝着减少的方向发展。这或许是王学东的真正隐喻吧。

在阅读过程中，王学东的这些诗也引起了我对另一种"无"的注意，即在大多数诗歌中，标点符号被减到最少。并且，在《后现代启示录（组诗）》中，在《苦海（组诗）》中，在《没有个性的诗（组诗）》中，标点符号几乎完全消失。在这些诗歌中，作品的诗意质量都基于节奏，因为标点符号没有提供任何帮助。

最后，王学东的诗歌体现出大寂寞，并且所有的诗歌都回应了一个非常细心的设计，这体现了诗人创作与中国古典诗歌创作的深刻相融。

在我看来，我们所生活的世界与王学东在他的诗歌中所表达的一样，是一个复杂的交流世界，一个难以表达自我的世界。对于"情"的表达，遭遇到"哀""苦""罪"的压抑。为了平衡这些效果，诗人的语言极具镇定感，并且非常干净，即使是标点符号的使用也极为简省。

在王学东诗歌所出结晶的"纯洁"中，我们的现代生活之思得以升华。

朱西（Giuseppa Tamburello）
意大利巴勒莫大学

我和诗与思

王学东

棒棒棒棒棒虫!

这娃儿出身低微,家境贫寒,也就没有成龙的大大志。只愿长成一只肥肥的、肉肉的、软软的,随时有大白菜、小白菜可吃的大青虫。

中国现代新诗,是一套新的诗歌体系。它构建出与古典诗歌"言志""载道"思想不同的现代新精神,即对民主、科学、个性解放的追求,是突破中国传统的新型复杂社会样式的体现,有着与古典诗歌相异的表达意象、表达内容和表现方式。

新文化运动与五四运动,给中国社会带来的重大变化就是现代社会中"个"的发现,即"个人"的发现。这个"个"或者"个体"的明显特征就是,个体是与社会、国家、民族等大的群体观念相对立的,它不再被"群"的概念所笼罩和压制，也不再被各种规范所吞噬。个人作为独立个体，其独立存在受到了尊重与肯定。在现代社会，个体的价值得到了前所未有的彰显。于是个体的生命、个体的感受、个体的价值思考，构筑出了强有力的个体自我形象，而这种对自我形象的追求之后又发展为中国新诗的一个重要价值向度和目标。

棒棒棒棒棒！
这小厮性格很直，有点自我主义，记性不好，对于见过的人总很快忘记名字。而那些人都背地里说，这厮好傲。其实，他只是一根不发芽，不长叶子，更结不出果子的干木棒。

现代诗歌中解除了束缚、获得了自由的畅快"自我"，是一个充满了力量和自信感的"自我"。这个"自我"不是古典的"天人合一""物我交融"审美境界下的"自我"。
新诗中极端和绝对的"自我"，带来的是繁复和多样的现代情绪。现代诗人有着更加明确的自我意识，对自我价值的认知更清晰，并能充分认识到个人内在的生命力。因此更加注重挖掘生命本身的欲望、潜意识、冲动、梦幻等。现代诗里爱与生、生与死、幸福的来临和破灭交织在一起，形成一个多层面的整体，并且在个人情绪的基础上，进一步上升到人生的层面，触及时空的意义。

棒棒棒棒虎！
这男性也好面子，但总是在各个方面都没有做得很好。经常扮老虎，给自己披上一张张虎皮，结果经常碰到的是那些高大威猛的英雄武松，把他打得稀巴烂。

在现代新诗中，出现了这样的称呼，即"诗人哲学家"或"哲学诗人"，这也正好体现了现代新诗的一个特色。古典诗人也有着对社会、人生、生命、世界、宇宙的独特见解，这些认识是从感性中体悟出来的。而在现代新诗中，现代新诗从思想的呈现开始，敏感和自觉地让诗歌直接进入"思"本身，也就是说，在现代新诗中，"思想"本身成了一个命题和书写对象，他们以独特的思考和观察方式，让读者深思，而不是给读者以经验的展现，以实现对现代生命和存在的整体性思考。

当人从强大的"群"中分裂出来的时候，现代诗人在寻求个体意义之时就必须进行个体之思。五四时期主张的个人的而非集体的、独立的而非依附的文学（"人的文学"）前提，使得对个体本质意义的思考成为现代诗歌的主题。如此写就的诗作，从本质上来说就是"思的诗"，即诗人从自己的内心出发，抒写"我"的内在情绪，表现深刻的"我之思"。

现代新诗的理性表现，不等同于与哲学命题的纠缠，也并不意味着失去了鲜活真实的个体生命体验。恰恰相反，现代新诗的形而上思考是建立在对现代生活和生命的真实体验之上的，其来源于诗人的现代生命观。这样，个体生命的意义，同样也就涉及整个人类生存的境况。现代新诗在一条个体之路上，从"我之思"出发，在日常生活中，在对生命完整性的理性之思中，通达到生命存在之思。在个体的生存常态中，也贯注着对价值的思考，也即是说，现实的感受、哲理的思考、终极的意义都被整合在了现代新诗中。

棒棒棒棒鸡！

　　这书生最大的理想，就只是能当得了一只大公鸡。或许在一个农家过一辈子就算了，也许被很快地送到屠宰场，成为别人的佳肴。但他只要能穿一件花外衣，带领一群美丽的母鸡游山玩水，在有很多虫子的山坡上觅食，那就是幸福也。

　　个人的体验是创作的原动力，这是一种深层的、从内心出发的生活经历，而绝对反对虚伪和做作。由此需要的是作者对生活的细腻观察，对生活和生命的热爱，只有这样，方可接近有独特"异样体验"的诗歌之路。但是，在现代新诗中，我们又无意将"异""新"作为现代新诗的审美标准，甚或作为新诗评判的价值标准。于是，在现代新诗中，出现了打着"新"和"异"的旗帜而走向极端的现象。虽然追新求异是创作的一个基本特色，但是我们的"新""异"必须和价值评判结合在一起。在新诗创作中，不是要追问我们带来了什么新的东西，而是要追问我们的新诗创作给予了什么。因此，一个虔诚的诗歌创作者，是一个严肃的思想者，是一个保持自我独立性的哲人，他的创作过程是一个自我的寻找过程，只有这样，他才有真正的"新""异"发现。这样，他的感知和体验或许将给人们呈现出一个完整的世界，而这个诗歌世界，照亮的将是人类的心灵。

　　诗歌一直站在文学之塔尖，因此诗歌对于语言的要求近于苛刻，甚至现在有诗人提出要将诗歌语言本体化，这也就对创作者提出了更高的创作要求。因此，在诗歌创作中，诗歌语言必须经过仔细琢磨，最终实践出诗歌语言的新特色。只有这样，才能称作真正的诗歌语言，才能称作真正有活力和力量的诗歌语言。由此,创作中必须大量运用多种表达方式和修辞手法,以交叉融汇、多层展示来丰富现代诗歌语言。

棒棒棒棒虫!
棒棒棒棒鸡!

将现代新诗作为批判力量,这本身就是现实中个体生存的展现,以及现实生活中绝望自我的绝妙写照。所以,对于现代社会语境下真实的日常生活来说,这一种以改变诗意的力量来改变世界的期望只能是乌托邦式的构想。现在社会仍受到社会意识形态、技术量化标准、物质主义的多重制约和控制。在这一格局之下,人们极易迷失人生的方向,失掉做人的准则,最终导致人的价值的沦陷。

但是,正是现代新诗所携带的这种焕发着勃勃创造力和生命力的绝望自我奠定了新诗的坚实基石。绝望自我又在直接面对人、生命、自我、人生、现实、历史、社会、国家时生成了独特的体验,由此唤醒另外一个自我。所以,自我生命才能在诗意的幻境中获得价值和意义。

噢,我又输了!

蜀人王学东

目　录

商籁体机器（组诗）/001
　　副梿龙机器/001　　　　心理学机器/007
　　花毛茛机器/002　　　　判断力机器/008
　　铜钥匙机器/003　　　　蔓荆子机器/010
　　利维坦机器/005　　　　商籁体机器/011
　　绿度母机器/006

如是我闻（组诗）/013
　　黑夜卷/013　　　　　　宝石卷/018
　　爱情卷/014　　　　　　成长卷/019
　　黄金卷/015　　　　　　电影卷/020
　　咳嗽卷/016　　　　　　旅游卷/021
　　衰老卷/017　　　　　　梦卷/022

王氏家谱（组诗）/024
　　引子/024　　　　　　　王志×/029
　　王浩德/025　　　　　　王大×/030
　　王天寿/026　　　　　　王廷×/031
　　王在×/027　　　　　　王朝×/032
　　王应×/028　　　　　　王元×/033

　　　　王多金/034　　　　　　　　王祖福/037
　　　　王仕×/035　　　　　　　　尾声/038
　　　　王纯×/036

后现代启示录（组诗）/039
　　　　后现代启示录之一/039　　　后现代启示录之五/043
　　　　后现代启示录之二/040　　　后现代启示录之六/044
　　　　后现代启示录之三/041　　　后现代启示录之七/045
　　　　后现代启示录之四/042

来自灵山的短诗（组诗）/046
　　　　城市诗/046　　　　　　　　种子诗/048
　　　　火车诗/046　　　　　　　　黑夜诗/049
　　　　漂泊诗/047　　　　　　　　爱情诗/049
　　　　眼睛诗/047　　　　　　　　灵山诗/050
　　　　下午诗/048

苦海（组诗）/051
　　　　苦海1/051　　　　　　　　苦海6/054
　　　　苦海2/052　　　　　　　　苦海7/054
　　　　苦海3/052　　　　　　　　苦海8/055
　　　　苦海4/053　　　　　　　　苦海9/056
　　　　苦海5/053

十支情歌（组诗）/057
　　　　第一支情歌/057　　　　　　第三支情歌/058
　　　　第二支情歌/058　　　　　　第四支情歌/059

目　录

第五支情歌/060　　　　第八支情歌/062
第六支情歌/061　　　　第九支情歌/063
第七支情歌/061　　　　第十支情歌/063

一个人的成都（组诗）/065

喷水池/065　　　　望江楼/072
春熙路/066　　　　二楼卧室/073
数码广场/066　　　锦里/074
磨子桥/067　　　　一环路/074
火车北站/068　　　金沙/075
石人小区/068　　　好又多/076
泡桐树街/069　　　西门/076
人民南路/070　　　九眼桥/077
华西医院/070　　　公交车/078
四川大学/071　　　九龙/078
游乐园/072

十首哀歌（组诗）/080

第一首哀歌/080　　　第六首哀歌/084
第二首哀歌/081　　　第七首哀歌/085
第三首哀歌/081　　　第八首哀歌/085
第四首哀歌/082　　　第九首哀歌/086
第五首哀歌/083　　　第十首哀歌/087

没有个性的诗（组诗）/088

没有个性的离别/088　　没有个性的情歌/089
没有个性的美人/089　　没有个性的生命/090

003

没有个性的世界/091　　　没有个性的呼唤/097
没有个性的悲伤/091　　　没有个性的博物馆/098
没有个性的太阳/092　　　没有个性的归宿/098
没有个性的黑夜/093　　　没有个性的夏天/099
没有个性的雨水/093　　　没有个性的旅程/100
没有个性的眼睛/094　　　没有个性的金子/100
没有个性的味道/095　　　没有个性的斑马线/101
没有个性的时空/095　　　没有个性的再见/102
没有个性的成都/096　　　没有个性的诗歌/102

已经被毁损的青春（组诗）/104

春天、阳光、热情、爱、　　收废品/108
梦、美、自由和你，　　　　收集一条河/108
你们在哪里？/104　　　　　雪地上的情歌/109
树叶/104　　　　　　　　　路途/110
夜里/105　　　　　　　　　河边插曲/110
天空/105　　　　　　　　　马边河/111
远望/106　　　　　　　　　纸飞机/112
回家/106　　　　　　　　　一生/113
一个孩子/107

罪己书（组诗）/114

伤口书/114　　　　　　　　骚动书/117
欲望书/115　　　　　　　　热情书/118
荒诞书/115　　　　　　　　忧伤书/119
沉沦书/116　　　　　　　　冲动书/120
疾病书/117　　　　　　　　扭曲书/120

目 录

　　阴谋书/121　　　　　家园书/126
　　疲惫书/122　　　　　流离书/127
　　梦想书/123　　　　　混乱书/128
　　拥挤书/123　　　　　折磨书/128
　　孤独书/124　　　　　沉闷书/129
　　空虚书/125　　　　　诞生书/130
　　错觉书/126

悲剧（组诗）/131
　　青铜/131　　　　　　大地/132
　　蓝天/132

在后现代的诗兴中 "劫持" 自己/134

商籁体机器（组诗）

副栉龙机器

我看见了一头漂亮的副栉龙，
但没有人能做副栉龙的事情，
比如拥有庞大的植物性的食欲，比如看守家门。
而且它头上的这种红色非常突出。
这正如我优雅地关上门，
一直唠叨着自己崇高的名字。

等一下，游戏开始。在小区的中庭，
一群小朋友手拿着刚完成的作业，
开始选择他所要扮演的恐龙。
惊人的一致，他们都选择了食肉性的动物机器，
就是那种有长长牙齿，
以及如镰刀一样锋利的爪子的暴龙。
随着副栉龙的哭声，所有孩童的声音中，
都充满了狂暴而血腥的撕咬。

副栉龙抬起他脆弱的头颅，

认真拜读了我们隐藏在心底的恐惧：
他说，你们和太阳很像，
前半部分是描红，喜欢修改疤痕，
用油画棒涂抹成了多彩的池塘。
后半部分是把卫生间的门紧锁，掏干净耳朵，
收听流行音乐和看电视剧。
我只能放下手机和图书，选择等待。

副栉龙消失了，去寻找到十五年前的那场约会。
消失了的副栉龙，
这不仅仅是拖鞋是否为名牌的问题，
也不是平仄的问题。
问题是，静静地打开房间，
即使看见暴龙机器，也不会有光了。

花毛茛机器

从南门进去，请记住这些花的名字，
顺便来看看我，一起坐儿童旋风跑车。
幸好昨晚留下了一瓶浓香型的烈酒，
要不然的话，这些花毛茛，全都是失望。
不过，更多的是绝望，
在公园中，有太多的智能手机，
没有花能比得上最新的新闻和游戏。

"爸爸，我又忘了这朵花的名字。"

而我，也忘记了在杯子里加上可乐，
没有带充电器，我们都不会命名。
这有什么好害怕的呢，有肥料养育着生态系统，
等待一年，花毛茛仍然还会怀孕，
持续漠视橱窗里鲜艳的塑料花朵。

最终我还是想去摘下一朵花，
握握手，就像蹲下去抚摸一只小狗。
只有这样，才能拥有暂时的祝福和好运。
还是走吧，一不小心，
我们就会迷失，或者被花粉所控制。
我已经失去了对自然的感受力。

此时，花毛茛机器开始轰轰转动，
大声发出了对生命的抱怨，
因为它也遗传了大自然太浓的雀斑。
植物机器的花瓣中有和平，也有宁静，
但这个公园在感冒、发烧，有太多的疲倦。
闭着眼睛，假装多睡一会儿吧。

铜钥匙机器

我是谁？这不是一个问题。
科布登曾说，屋外有噪音，有醒目的横幅，
摄像头中有你的记录。
当然，你是看不见科布登的，

打开电视，你看见的全是高贵、典雅，
这些不需要一丁点逻辑和感情，
但是今天的会议务必参加，不得请假。

导游不是科布登，他高兴地告诉我们，
这已经是常识了，存在三百年：
用猴子进攻、烧山、杀人，获得名誉，
还得将真理刻录在五块石碑上。
这是现实：他指着那如大山一样的印章，
将用赫赫的权威，指挥你考上了名校。

我其实也一样，不会去找科布登谈话、审问，
我必须完成我失败的计划：
比如早点回家陪孩子，
补课、吃零食，一起看动画片。
继续参加电影、火锅相关的活动。
对这些，我是这样的自私，并且自信。

我已经没有后援了。没有科布登机器，
成为一个毁灭者，就是一件好事。
科布登机器正用铜钥匙小心地打开办公室，
写自己的传记，
其中第一件大事是，让拉粉条的车先过去。

商籁体机器（组诗）

利维坦机器

从书柜里取下一本绿色的《利维坦》，
我只能给您十天，或者一个周末，
如果超时，就不必交谈了。
利维坦机器是同样野蛮的鹅毛，
虽不知从何而来，
却是你所买不到的，也没法讨价还价的。
即使你是世界冠军，拥有一个疯狂的恋人，
或者是秘籍，也无法拥有利维坦。

面对利维坦，不允许反驳、批判。
但悖论在于：
如果您重视他的头，
你必须将所有的发型都重新改造，
梳成小辫，或者剃成光头，
这叫作精英型。
如果您重视他的脚，就成了三寸金莲，
也没法大胆地走路，
无法将革命的价值最大限度地凸显出来。

利维坦是一个大家伙，藏在画中，
如清明上河图那样的庞大与浓缩。
为了利维坦，他试过了多少次，
到南极去，或者就在盆地。

实际上，关于利维坦，只是在一个行程中，
为了最后的目标任务，得继续做官，
得在卧室里一遍又一遍地看镜子，
悠闲地感叹成片的云，如此干净。
只是假期已经结束，您没有时间去困惑了，
已经不再需要阅读。

绿度母机器

看完绿度母后，太累了，确实需要休息。
准备了六年多的时间，但我依然不认识博物馆，
也不知道陶艺的细节。
让鳄鱼也变成绿色，坐上小汽车，
这样就能躲过上班高峰期。
但您说，我已经吃了很多的绿色药片，
心情也没有好起来。

很羡慕他那么多的手，可以用于敲打键盘，
也可以坚定地指向天空。
一下左手，一下右手，虽然完成了日课，
但您终究有不可逃避的嫌疑，
世界已经完成了持续的灾难。

久久地站在绿度母前，
那几行镀金的悲悯汉字，是最好的汉字。
我就是想做长篇大论，设计生命的细节，

为自己开一个盛大的聚会，
在大会上自言自语，在晚上能提前睡觉。
我能做的却越来越少，
不想看电影，不想打开冰箱，
因为有木头腐烂的气味。
吃了很多的安眠药，把一切都放弃，
虽然我不能这么高调，也很需大肆悲愤。
这么多年来，我已经成为害群之马。

那就拖延时间，让这个世界留下来。
对不起，参观到此结束，
绿度母机器已经停止。
我已经没有回旋的余地，
没有时间了。

心理学机器

驾，驾，一小队人马向山谷飞奔而来，
敌人来了，请赶快离开。
不过此时，您完全不用了解宣慰司是什么机构。
冬天来了，只需戒酒，不学习心理学，
这些丝毫不涉及资料费等报账的问题。

你说，在宣慰司里，罗斯福有四十八小时，
但秦才是我的偶像。
也是啊，这次也一样，已经玩不出什么花样了。

宣慰司发现了的失窃汽车，
这是勋章、猎物、家具。
宣慰司追踪盗窃者，
就不是他第一次射箭了。
宣慰司机器，使你不能坐轮椅，
说不定有时你的运气好，让胃和脖子好受。

在宣慰司，他们认真地填写着值班表格，
参加比赛，争当文明市民，
成为大众情侣，在电视中重复着初恋的故事。
他们的作业，就是关于口碑、网友的调查。
礼物已经送来，病人已经好转，
但不能在茶馆公开打麻将。
在宣慰司，腊黄的手被收回，
一边发放新鲜的草莓和矿泉水，
一边拼命工作，购买大量不需要的东西。

通往宣慰司的入口在地下室，
请记得，进出时一定要领取停马车的发票。

判断力机器

为什么我不放过一个广告，
然后摔坏瓶子，带着感情去恋爱？
因为我在害怕。
正是由于我对这个世界很不感兴趣，

所以更需要判断力机器的帮助，
这样确实很愚蠢，但确实得解决问题。

根据资本论的经验，他说：
回家吧，别干蠢事，
修一修指甲，精通四国语言，
一个人躲在卧室完整地看一部大片。
最后上墓地吸一支烟，
才能保持良好的判断力和经验。
而且您还得再全面检查一遍表格，
校正所有的文本错误，预备下一次讲座。

对不起，这是世界的声音：
这里正好是市中心，欲望也太神奇了。
最重要的，是去挣钱、花钱，
然后在商店遗失新开的银行账户。
持续到广场，按照资本论的指示，
恐吓小朋友，买首饰，喝奶茶。
明天您还得早起，以便可以浪费更多的时间。
判断力的机器已经发动，
即将占领下一个广场。

"快走，告诉别人，这是我扔掉的。"
关于这台机器，我的朋友们会好好收养你，
帮你找到源源不竭的动力。

蔓荆子机器

不断有上级的文件，看电脑，
眼睛胀痛，腰椎间盘突出，
又得喝大碗中药了。
注意安全，即使是牙龈出血和窦性心律不齐，
一直打嗝就非常危险，而且还有斗鸡眼。
这样肯定不健康，赶紧准备中药。

为了感谢，也为了让肉体更青春，
我们喜欢看产品目录，
电视里已经准备了相当扎实的系列参考图片。
热衷于健康节目，分析胆固醇和失眠症的原因，
开始分享疾病和寄生虫。
多喝开水、多吃蓝莓保健品，
接受催眠师的治疗，
否则您就得使用大量的麻醉剂。

此时，种子公司配备了强大的发电机，
蔓荆子已经在城市里发芽。
在夜里，用淡蓝色的慢火煎熬，
补充营养、充值、吃汉堡，
然后再去争取更大的项目和药片。

蔓荆子虽然有养鸡场的味道，
但不要紧，山已经削平，

在这里还会碰见熟人,加满汽油。
事实上,这是我们的新年礼物。

商籁体机器

在星期五的早上,有一个完美的时刻,
那就是忽然想起诗歌还没有写完。
"吃饭了!"活下去很要紧,至于诗歌,
是的,这种事情应该上报和注册。

他今年快四十岁了,
使用了大量的中性笔和矿泉水。
一直以来,他自认为自己就是新的骄傲,
就是救世主、皇帝,
只有这种幻想,他才能坚持到现在。

他已经来到这个世界很久了,
如一台输出文字的机器。
不过他做出的每次努力,都还没有签订合同。
但是他还没有说完,也没有写完,
撕掉废纸、消灭文字,这是他的工作。

他摸出了手机,才确认出自己的声音还在。
因为愤怒,他重新启动了机器,
再倒一杯可乐,或者再攻击一下阳光。
对不起,他希望能在动手之前,减少年龄,

继续使用障眼法。
他现在才知道，没完没了的商籁体机器，
就是一次次的搅拌机，保卫着流产。

如是我闻（组诗）

黑夜卷

如是我闻：
在黑夜中别慌，我与世界是很有缘分的，
组织在选举，婚姻已完成，
已经是第七天了。
黑夜的几个主题，有福了，
留下永久的新闻，
切开牛皮纸的档案，保存下来。
南无阿弥陀佛，哑巴在默默地念着，
黑夜的差异只在于，
这个黑夜的城市是瓷器按钮，与你久久对视，
一不小心，就碎成粉尘。
紧急中，我打开远光，
真不敢相信自己的眼睛，
我还能在旅馆登记，填写表格。
这才是一个真实的现状，漆黑，
但终于给予我一张喝绿茶的桌子，
可以在浴室里互相擦洗身子。

黑夜始终不够多,
我无法知道自己要上交多少,
才能靠近。
但在黑夜中,我还得坐办公室,
灭火,写材料,
阅读长长的新闻和文件,
我一直不够少。

爱情卷

如是我闻:
我又失约了,为此我也不快乐,
不过很快我将又有誓言的能力,
分享工人们正在浇灌的花园。
我发誓,我不喜欢和海对立,
是自私在利用我,是知识让我开心。
还是让梦想来感谢我吧,
做一个傻瓜,偷吃西红柿,
静静地在路边等候需要你帮助修车的人。
我走出满天的星星,初尝了甜味,
只留下游泳池中的酒窝弥漫,
让银行宣布破产。
赶快找人把门打开,"等等",
我们的礼服已经交了定金,
婚车也已经把油加满。
别急。船上老人掉下了他最喜欢的一颗牙,

所以我们应该经常在一起，喝喝酸奶，
参加感觉培训班。
其实，最可怕的是笑容，因为太真实了，
无法容纳下爱的治疗作用。
明天后我就能安静下来，
帮她写回信，和她商量一日三餐，
以及购物路线。

黄金卷

如是我闻：
我的吻已经被肉体扔出，
你的抚摸中充满了性、温度和繁殖，
自由暂时可以随意享受，
这已经是我们最后的一面鲜红旗帜了。
生育就像优惠一样，要限量，
超市推车上的几张发黄车票，或者钞票，
吹出凉飕飕的风。
教育孩子一定要有完整的经验，
但她说，"你真的不行，什么都不行"，
因为小学时候的同桌，
已经让我爱上了学校和学生。
该如何去建立一个正确的培养方式呢？
我此时用心在小丑一样的教材上施展暴力，
割开公主的裙子，
让王子生活在现代国家，

思考童话的意识形态，研究主义，
这些我都无法演绎给孩子们看。
此后，你们应该去寻找山谷中的黄金，
躲避战争大发横财，
或者释放毒气，去环游世界。

咳嗽卷

如是我闻：
冷风穿过走道，咳嗽如期而遇。
只要你这时是在早上，
打开平板电脑，中药就会越来越多元，
进入标准化制作。
等两分钟班主任就会过来，
照相、录音，摸摸脑袋，
然后进入滚烫的肉体中，
安放一片一片的止痛野心。
我的肋骨一直在诉说着享乐，
尽管没有找到那放在草地上的杯子，
但也得归还药店时间的约定。
我七点就得去敲响商店和街区，
看见世界变得趋同，柔软，
一个价，还一样的苦。
"怎么还在咳？"
马桶的响声不断，停不下来，
我已经正式进入疾病主题。

但生命的暂时停顿,毫不新鲜,
男人们在家唱黄家驹,
女人则保卫马克思,
餐桌上还有孩子们喜欢的绘本故事。
打开的网页已经开出超级大奖,
无限多的温柔,大剂量,
一点也不难喝,
我一定不能再使用头孢了。

衰老卷

如是我闻:
关于头发变白的第一条条款是,
衰老的人要坚持打开绿色的盖子,
让鳄鱼变成飞刀,看人群高呼,
欣赏年轻姑娘的青筋。
"有人吗,有没有人?"
在下雨的夜晚,路上只有停止生长的咸鱼,
我扔掉身份证上的出生年月,
去医院完成衰老的表演。
他们已经在喊你叔叔了,你肯定不会喜欢,
如果喊你一声"爷爷",
身体流出的便是带螃蟹味的海水。
就尽量躲开尿布、奶粉、婴儿车,
让新闻跳海,我或许就能更永久些。
在夕阳中,我已经看不清反光镜中的子弹,

偷听不到情人的电话，
在监狱高墙的门口，舞蹈还是终于停止了。
这里有衰老，
也有美人鱼炖的汤。

宝石卷

如是我闻：
一间珠宝店只留下了破碎的玻璃碴，
但手掌继续伸出，需要戴上戒指，
工资也需要翻倍才行。
关于宝石，其实是一个革命的故事，
虽然已经六十年了，也还没有留下案发的记录，
只能在文字中猜测红绿灯的规律。
满含色情与叛变的宝石，
在策划中，宝石就已经成了耻辱，
只有酝酿的暧昧，流传下来。
此时，商业街上弥漫着的强对流天气，
试图遮挡珠宝的光芒。
但成为会员很容易，也不会有暗杀，
我在周末也一定会按时等你，
不砸玻璃，只购买爱情。
面对宝石，我只希望能控制住手中的杯子，
生怕一觉醒来，镜子中的我长满了胡子。
很痛。很多蚊子。也很容易失眠。
面对宝石，不能停车，不能去游泳，

我始终看不清楚，
这宝石是陷阱，还是生气。

成长卷

如是我闻：
在深夜一开口，就想念着一只小狗，
让霓虹灯打掉了眼睛。
你说你的，我要大喊，我需要麻醉，
让雨水四散，鞭炮开花，
我无法进入成长的宏大主题。
我要与两个月说说结尾，
向人类交代，提交银行卡的检验报告。
我尽力配合剪刀，
去拍广告，做信心的代言人，
不停下来休息。还是保密吧，
留下一座桥开宴会，当诱饵，
需要一遍一遍地偷窃对祖国的赞歌，
亲历良心的集体决议。
我接通电源，以便能在红地毯上喝红酒，
走正步，给花朵递张字条，然后回家。
我听到了搓手的声音，
准备收割了，用金刚经引导自己，
麦克风已经成了他的习惯。
我从北京来，错过榕树，在高凳子上喝酒。
感谢刚找到的花瓶，终于有250毫升的收获，

到她家去陪她上课，
练瑜伽，一起成长。

电影卷

如是我闻：
我身着古装坐在龙椅上，很精彩，
太子们喜欢玩情感，姑娘们感谢商业。
作为一个三流演员。
我还要讲讲电影背后的故事，
以及那晃眼的灯光和塑料的花朵。
虽然你要了很久才要到一张我的照片，
我当然不能和你们一起去野餐，
我只能在虚构中到来。
在戏里，我对着一匹马思念皇宫，
在台下，我悄悄地瞥见了妖艳的投资商，
在电影院，你的 3D 眼镜始终戴不稳，
需要不断扶正才能看完电影。
别怕，这些我们都不会忘掉，
一次八年的瘟疫，
便会将一个完整的故事打印出来。
然而，我的经验来源于我，
但又一直无法被我选择，
我已经成了幻想中的真实对象。
没有你，我不会去表演，也不会这么痛。
没有我，谁也不会去放火。

擦干茶几,我们一起钓鱼吧。

旅游卷

如是我闻:
我三点半就到了,
公交车司机冷静地按着喇叭,
毫不关心如何丰胸的广告。
你好,上车的乘客请注意,
满五千元赠送一台洗衣机,
这里还可以开具正规发票。
但我不知道国民经济,也不了解戏剧,
只想了解医院里有没有尿壶,
只会祝愿小学同学能最后成功结婚。
要成为工业巨子还是暴发户?
这都与我无关,
前方到站,扫二维码将更精彩。
对不起,前方红灯,
请主动出示危险品,
记住,不能一个人去对抗一座山,
一棵树也不会等你,
必须加快情绪设施的装备。
旅客请注意,前面有二手市场,
我得加油,因为有城市,有综合体,
牛排今天 7.8 折,还要感谢导游。
告诉你,我有的是时间,无聊,空想,

但别让稻田荒芜,长蝴蝶,
然后建别墅。

梦卷

如是我闻:
我们一起从山下出发,
沿着长长的高速公路行走,
但我们之间并不认识,只等待命令。
"你还是跟我走吧",是你在说话?
还是我在说话?
我们没有遗漏下一句废话,
也不关心手臂受伤的问题,
感冒对我也没有任何的影响。
一直以来,我的样子没有变过,
我的工作就是表演绝技,
在历代传人之中,偷学功夫,
看不见自己,但重要的是让自己不失传。
我很喜欢,这个没有变化的我,
这个我根本不了解的我,
因为这是我的意识世界。
这是我的梦,这却不关我的事,
而且事先丝毫没有征兆,
这对我又是极不公平的,
但这只是肉体的日常工作,
或者是精神故意走出肉体。

当我还在研究该不该去爱的时候,
其实我更喜欢的是梦中的自己。
还是把自己退回,彻底地归还给发件人,
归还给自己,只有神秘最完美,
迷人。

王氏家谱 (组诗)

引子

据这本家谱记载
这支王氏的祖先要上溯到商代王子比干
他们可以说是名留千古的第一忠臣的后代
他们属太原王氏　也是周灵王的太子晋
是飞升成仙的王子乔的后代
家谱中还有记载下了西晋时的王裒
他们还把自己当作"闻雷泣墓"的大孝子的后代
(当然其他王氏的家谱也有这样的记载)

但此后这个家族没有出现过名人、伟人
也没有参与过重大的历史事件
这本家谱就只是记载下来了这个家族的
一大串名字
是的,就是一大串名字
明确地说,应该是一个个的汉字
当然还得把所有的女性成员除开
因为这本王氏家谱里的所有女性

仅以某氏指代
连一个完整的名字也没有

王浩德

"王浩德　山西汾阳府汾阳县人也
有二子　长子天寿"
这是我十五世远祖一生的信息
这便是我生命破空而来的唯一的信息
也是我在探讨时间和空间本质命题时
唯一的一个原点

我家谱的字辈诗应该和你有关
"浩天在应志大廷
朝元多仕纯祖福
儒学宏开承先绪
瀚海文宗绘藻辰"
或许这就是你一生中创作的
唯一的一首诗

但这也是最无用的一首诗
到了我这一代
已不按你设定的字辈来取名了

王天寿

王天寿是我的十四世先祖
在家谱中有着这样的记载：
随军到云南

我想，你一定受到过严格的军事训练
为了抢夺女人和财产
要求对待敌人一定要狠
像杀红了眼一样
脑子里只有仇恨的杀、杀、杀
把刀一次一次地插进人的胸膛
然后割下一只一只耳朵
作为成功的标准

尽管你变得威猛结实
成了战争中的杀人机器
但你没有立下战功
我查阅了电子版的《四库全书》
没有找到你的名字以及你参与的战役

或许就是因为你没有杀死更多的人
砍下更多人的脑袋
也或许因为你没有想出天大的诡计
以使更多的人死于战争

王在×

王天寿的长子
妻子张氏　生有三子
我的十三世先祖

在这本家谱中　在这个宇宙中
你的出生年月　无
你的出生地点　无
你的大婚时间　无
你的大婚地点　无
你的死亡日期　无
你的埋葬地点　无
关于你的一切　全无记载

早上的山冈　与你无关
夜晚的星月　与你无关
春天的草原　与你无关
冬日的寒冷　与你无关
这个世界上的一切　与你无关

你与缠绵爱情无关
你与神话传说无关
你与英雄好汉无关
你与平凡的生活也无关

王应×

王在×的长子
妻李氏　四个儿子

你的母亲肯定没有吃过一只怪蛋
也没有踩到一个大脚印的奇遇
就怀上了你
更不可能在梦到一条龙后怀上你
这当然也是不允许的
或者你母亲梦见一头熊或者任何一种动物
钻进肚子后
才有了你
你母亲肯定不懂这些"神迹"的意义
当然这些奇遇和梦也不属于你母亲的权利

你肯定刚好十月左右出生
不会是怀胎一年　更不会是十年八年的
那应该是一个下午
你母亲去自留地里砍莲花白
准备一家人的晚饭
就感觉肚子痛　下体见红
然后就是痛、剧痛
把你生下来时
一身大汗　一摊鲜血

王志×

王应×的长子
妻朱氏　生有二子
我的十一世先祖

你开始读书
你首先学习热爱大明帝国
热爱大明皇帝
热爱大明各族人民

你进京赶考
路上你没有碰上花仙狐妖的奇遇
也没有遇见公主小姐的传奇故事

你沉迷于"四书五经"
你或许读通了诸子百家、二十二史
你或许也弄点诗词歌赋
但大明帝国不爱你
大明皇帝不爱你
大明各族人民也不爱你
你始终没有考上公务员
好好为大明帝国服务

王大×

王志×的长子
妻子李氏　生有三子

你结婚之日
才是你第一次与妻子见面
不过门当户对
你没有财富、你妻子也没有
你没有学识、你妻子也没有
你没有兴趣爱好
你妻子也没有什么兴趣爱好

不过第一次见面之后
就要天长地久
第一次见面就可以同房

当然在第一次同房的时候
你还没有看清楚妻子的面容
便急匆匆地压到了你妻子的身上
面对这张陌生的妻子的脸
你却使劲地想着秦淮的艳影
为了让你们的爱更真实
为了以后天长地久的爱情
和日复一日的烦琐生活

王廷×

王大×的长子
妻朱氏　生有三子

你从六十岁开始
唯一的大事就是准备死亡
上山下山　找一颗好的杉木做棺材
从砍树、锯木板、刨木、刷漆
一点一点　仔细地规划着自己永久的栖居之所
然后选一个风水好的地方做墓穴
随时去观察、拔杂草
赶走那些来此吃草的牛羊
吆喝走试图在此寄居的蛇虫鼠蚁

你还时时关心着
死后灵魂归向何处
死后去见列祖列宗？
见孔老夫子？
见玉皇大帝？
见释迦牟尼？
还是见阎罗王？
你没有答案

你感到恐惧
你只有千年的孤独
和开天辟地的死亡

王朝

王廷×次子　生有三子
我八世先祖的一生

你和和气气　做人圆滑世故
勤奋诚恳　事事精打细算
但由于不是家族长子
你不能继承家业

到了赵坝的赵家的这一代
只有三个女儿　没有一个儿子
你便入赘到现在赵坝村的赵家
做了赵家的上门女婿

尽管你没有勇气去推翻当时王朝
建立一个自己的政权
但是今天　这个村子尽管还是叫作赵坝
整个赵坝村的村民已经不姓赵了
大部分村民的姓都改为你的姓
都改姓王

王氏家谱(组诗)

王元×

王朝×的长子
妻周氏　生有二子
你是我的七世先祖

我试图复原你曾拥有过的爱情、荣誉、事业
但现在早已被别人拥有
被移交到后人手里
在电影电视中随意发放、消费
你曾拥有过的山川河流和星月
也已布满了汞、铅、镉等化学元素

你分家时对父母的恨
为了家里的一个古董的归属
而兄弟反目
以至于你将父母赶出家门
此时，这个世界
只有你留下来的阴险残忍、自私毒辣
正在疯狂涨价

王多金

王元×第三子
妻吴氏　生有三子
我的六世祖

大地上留下了一个
证明你曾经活在这个世界上的坟墓
一个证明你确实拥有死亡的坟墓
现在墓碑早已模糊不清了
你的名字也早已被风沙销蚀掉了
没有关于你和你的世界的任何文字

倒是你的名字"王多金"
以及你和三个大汉挑着几箩筐船儿银
回家建土楼
以及你掘地藏银的财富传说
还在遍地流传
至今吸引着无数想发财致富的人

我也一样，认为这是我家的财富
更希望你能保佑我
奢望着在我家的自留地里
有一天忽然发现你
留给你后代的金银珠宝

王仕×

王多金的次子
妻周氏　生有三子
我爷爷的爷爷
不过连我奶奶的记忆中
也没有了你，和你的故事

奶奶总是谈起祖上吃鸦片败家的事
我猜想你是其中一个败家子
我猜想　王多金的财富
大多已经被你换成烟枪、烟土
乃至高大崔嵬土楼中的石头和木材
也一一变成缕缕鸦片烟雾

我心中的你，整天躺在床上
精心地将烟土一点一点地捏成小丸
放入烟枪之中　对着闪烁的火苗
然后一口一口地深情吮吸着这迷离的烟雾
而涕泪纵横、腾云驾雾、奄奄一息
而忘记了老婆
而参与了鸦片战争

王纯×

王仕×的长子
妻周氏　生有二子

你生活在二十世纪初期左右
我的高祖　我和你在时间上如此接近
就一百年的距离
我也看不见你

你看到了怎样的晚清的新政和灭亡
你毅然剪掉辫子参加了革命？
你还是固守着农村的几亩地？
没有记载　只有宏大的历史叙事
掩盖了你个人的生命历程

今天这个军阀来征粮
明天那个党派来拉丁
你是否一家人能时常团圆
你是否从事过一个长久的职业
没有记载　只有涌动不息的文化理论
删除了你跳动着的心灵
抹掉了你的欢笑、哭泣、痛苦和无聊

可以肯定的是
在战争死亡、饥饿死亡、瘟疫死亡等数据中
其中的一个就是你

王祖福

我曾祖　家谱上已没有你的名字

不过，每次清明奶奶总还要领着我们
到你坟前上坟
坟十分简陋　也剩下了坟头

每次上坟　奶奶都要在你坟前烧三堆纸钱
说除了烧给我的曾祖父之外
还要烧给我的两个曾祖母
一个是奶奶的夏四妈
另外一个是奶奶的邱四妈
奶奶对我们说，"你们不要忘了她们
不要以为她们是女的　就不给她们烧纸了
她们也是你们的祖先"

当然　尽管你穷得迁徙到了半山上定居
你也能娶上两个老婆
如果家谱还将继续编写
那么家谱也将记载你的名字王祖福
以及她们不完整的符号生命：妻夏氏、邱氏

尾声

走向王氏家谱就是走向空洞
翻开王氏家谱就是打开一张一张的虚无
阅读王氏家谱就是见证死亡的胜利

家谱还将继续着
家谱将继续把一代代的人排序
然后教会世界遗忘
家谱不断地把一个个新鲜的生命抽空
赐予我们虚无
家谱始终站在死亡的一边
背叛生命

在偌大的时间和空间之中
这本家谱是我存在的唯一见证
他们的命运就是我的命运
我的命运也终将只是他们的一种重复
再重复

后现代启示录（组诗）

后现代启示录之一

出来就看见　银行散发出苍白的灯光
围绕着我的头颅和忧郁打转
我也没有学会理赔　只知道结婚
眼睛被内衣和房地产的广告刺破
一个黑影在我的手掌中扩散开

报纸上的数码相机广告
把我的烦闷摄下　准备回家过年
没有一条诱人的短信
能够从我的身边摇晃
这是最后一句　也是最后一个短信

我和我的命运如留在对面墙上
办假证歪斜的字体和电话号码
始终听不到有人开门的声音
只有绝望穿过夜空和城市
与我保持联系　实施持续的救助

后现代启示录之二

超市在他的心中留下沉重的脚印
死亡开始跳动　还好有你来看我
让工作代表了我
开始搜索团体活动
惊醒了游泳池中涌动的水珠
关于游泳圈的文件有误
还得请您登机返回

洗面奶和洗衣粉在他烦闷中突围
成天空中一只鸟的哀号
延伸的墙体　设计出了新节目
鼓励大家成为害群之马

他的书籍堆积　让他受到围困
在床上躺着　那是非常难受的
打针　吃药　看护士的脸色
窗外树叶的脸庞中照耀着生命的训练
在红色的天宇下　开始与人类合作
开始了第一次微笑

后现代启示录之三

餐桌上烤熟的土豆片和疲倦
被新鲜的辣椒包裹　生猛而且刺激
这样才不窝囊
我情愿让大团堆积的卫生纸
揉碎这些脸庞和灯光
反抗毫无用处

身旁的那个女性啤酒推销员
有欠费的房租和远去的爱人
殷勤地推销着红色的迷醉和麻醉

大地上的楼群灿烂地拥抱着我的冷漠
沉重和轻盈的小汽车不断地在来回
在我的胸口奔跑　明天继续干蠢事

陶瓷的地砖还是那么整齐地排列着失落
我们一同进入下一班地铁　接待颈椎病

后现代启示录之四

九月不是一个公园
从一座桥上眺望杨柳树
就想收养它　这是最让人骄傲的
沉重的疲惫在河边荡漾和招摇
只有大地上的欺骗和交易
如河流一样涌动不息

九月也不是一个女人
但真的不错　我们确实需要一个救世主
摆弄着一个麻木的数码相机
她洁白多肉的背部显露
引动一双双目光注册和登录

九月除了干涸和污染的阳光
出口被封锁　这是代价
我的眼睛中同样是一潭死水
漂满了陈旧的树叶和苍蝇的尸体
空气中无聊的激情在流产

后现代启示录之五

我有严重的心理疾病
在挺直的大树
和弯曲的打麻将的人群中间
我轻易地就被玩弄了
我需要健康的目录　远离周围的人

一个瘦小的乞讨的老人
他细瘦的腿脚危险地支撑着身体
别费劲了　这么多的失眠症
他干枯的头发都向我扑来

蛋糕已经发黄　企鹅死去
但感觉不到真实的我　很不安全
需要长篇的小说来自言自语
对生命已经上瘾

后现代启示录之六

昨夜的大火将我的梦和会议中心一起燃烧
不用准备了　一个真正的改革者
将脱光了衣服在火旁站立
脸上的微笑很平静　开始正确的选择

楼外的大雨一直敲击着棕榈树的叶子
力度很大　确认了旅行的身份
定期检查你的嘴巴
这样就开始滋生寄生虫　分享疾病

讲话稿很轻易地就在水洼里沦陷
脚趾开始潮湿和冷却
我的领带还依旧在我的手提箱中

拥抱着的未来社会　在雨里训练着抚摸
一起开始了步调一致的歌声

后现代启示录之七

作为文明的产物　灯光闪烁的旅馆
曾经在地震中摇晃
那阵波浪在服务员的脸上发白
流浪的人把这个唯一的空间填满
定下暴力的规则　讨好明星

监视器里的楼道有人影在穿过
把大地和城市静静地拍击入睡
只有他手中的包裹和身体无处安放
只有相互发泄　才能让自己不孤独

漂流而来的车灯期待着下一次的疲惫
带着愤怒回家　现场还有消费账单
他的睡眠已被一个强大的节日完全占领

来自灵山的短诗(组诗)

城市诗

伤痛的乌云和虚无布满天空
那华丽的眼睛和城市
被一次次的摇晃所砍伐
雨水和时装稀少
高楼、广告、公交车和寂静
一起在街道上循环地排练震动的燃烧
跳动的心和林间的鸟向我们讲授着欲望
高大的楼群
却让我们感知着死亡喧嚣的模样
在大地的愤怒中见证毁灭优雅地旋转

火车诗

肉色的铁轨与我青铜一样酸胀的小腿
不断地来回摩擦
遭遇到失眠的城墙和池塘的阻塞

挥出去的目光被飞来的电线杆撞碎
播撒在田间
像浓绿的稻子长成的成熟的疲惫
而我向天空开火的沉重的目光开始麻木
炮声不绝
如奔腾的河水

漂泊诗

浪迹天涯的水泥路守候着坟墓和牛
双腿和大地碰撞出来的火花
在天空中翻滚、冒烟
我近视的眼睛伸入花朵、叶子和根须
摇晃着石头
让手中的鸟群穿过屋子和姑娘
远处的黄叶和城市翻译着我枯竭的太阳

眼睛诗

三月的夜晚漂流着树叶的风
被路灯吹奏
席卷操场上的忧郁和我的手掌
与跑道缠绕着夜鸟
拨弄着冷漠的眼睛和铁门
叶子整齐地绿

整齐地打击着我头上空荡荡的孤独
天空这么多的伤心和月亮在奔跑
却没有可以注视和守护的云朵
而你胡闹的影子
在对面的楼顶上如堆积的草垛凸起

下午诗

一个收破烂的吆喝声撞响这个下午
阳光开始抽搐并携带着强劲的舞蹈
汹涌的汽车淹没了矿泉水瓶
甩不掉那满是口臭的荒凉和残缺
苹果从关闭的抽屉里传来酸酸的信号
召唤着远方的森林和兽群
与我的眼睛和耳朵不断撞击出风的跳动
在被破碎和被无聊挺进的花园中
始终摆脱不了的是这个大地
以及大地上午夜的姑娘和湿湿的阳光

种子诗

太阳遗弃的灯和黑夜
在我跳动的树干上有了鸣叫的种子
开放出风风雨雨
让你干旱的歌声有了持久发芽的力量

我袖子上的闪电
一旦穿透了这些白色的墙壁和窗外的夜
就有了一个奔腾的平原
我和被吻的大地一样播撒的种子
开满了大海的潮汐和肉体的涌动
开满了我无数的掀起波浪的手指

黑夜诗

草叶吮吸着你的裙子和星星
在旷野下夜拿走了你的眼睛
树和你的皮肤在这个城市的中央消失
只有喷泉培养着这肥胖的风
四处游走
唱着你海藻似的头发和梦境
点燃了大地上敏捷的蚊子和堕落的阴影
我透过密集着红肿伤口的高楼
叉开钢铁坚硬的栅栏
将天穹中的睡眠和云朵劫持

爱情诗

你射击出的一片片叶子进入我喉咙
点燃了我和一棵蓬松的梧桐树

你驶入一丛细小花朵的眼睛撕掉黑夜
一块石头和我开始随风翻飞

你的抚摸耸立起一条青色的小路
在禁闭的大地上切开一扇门

你的回头奔腾出一阵的河水
打碎一张水泥凳子和我衣服上的条纹

灵山诗

我一拧开水龙头　就哗哗地喷出
黑夜、山坡和你的手
以及你如从灵山飘来的嘴唇

我被疲惫感染的手
煮沸成为翻滚的大海
你眼睛中的飞鸟和小船把我击落

我手掌上爬满藤蔓和月光的岛屿
缓慢地被你涨潮的头发淹没

苦海（组诗）

苦海1

头顶上苍白的灯光
围绕着我的头颅和忧郁打转
我的眼睛被日历和牛奶的闪光刺破
一个黑点在我的手掌中扩散开
报纸上的数码相机广告把我的烦闷摄下

没有一条诱人的短信能够从我的身边摇晃
我和我的命运如留在对面墙上
办假证歪斜的字体和电话号码

始终听不到有人开门的声音
只有绝望穿过夜空和城市
留下湿湿的抚摸和嘴唇在手机的数字上

苦海 2

阳台在他的心中留下沉重的脚印
死亡的跳动惊醒了水龙头中涌动的水珠
洗面奶和洗衣粉在他烦闷中突围
天空中一只鸟的哀号延伸为墙体上的白灰

无聊的拖鞋在床前对着他的蟑螂呐喊
只有叹息一层层地与他的书籍堆积
窗外树叶的脸庞中照耀着生命的训练
在红色的天宇下
他的头发被涌动着的不安点击而卷曲

苦海 3

九月不是一个公园
从一座桥上眺望杨柳树
沉重的疲惫在河边荡漾和招摇
只有大地上的欺骗和交易
如河流一样涌动不息

九月也不是一个女人
摆弄着一个麻木的数码相机
只有她洁白多肉的背部显露
引动一双双目光注册和登录

九月除了干涸和污染的阳光
我的眼睛中同样的是一潭死水
漂满了陈旧的树叶和苍蝇的尸体
空气中无聊的激情在发芽开花

苦海 4

在挺直的大树和弯曲的打麻将的人群中间
我品着这与我的手掌一样散开的树叶
伸出的无数手指触摸不到一点体温

一个瘦小的乞讨的老人
他细瘦的腿脚危险地支撑着身体
还有他干枯的头发都向我扑来

苦海 5

昨夜的大火将我的梦和蚊帐一起燃烧
他脱光了衣服在火旁站立
只有他脸上的微笑很平静
楼外的大雨一直敲击着棕榈树的叶子
在水泥路上你的眼光和雨水一起溅起
破旧的旅游鞋轻易地在水洼里沦陷
脚趾开始潮湿和冷却

雨伞被石头和草地遗忘在你的墙上
滴落下往年的泪水和孤独潮汐
走过理发店我的头发同样的茂盛和干枯
我一抬头稀落的胡子就开始卷曲
拥抱着的一对情人在雨里训练着抚摸
一起开始了步调一致的歌声

苦海 6

灯光闪烁的旅馆曾经在地震中摇晃
那阵波浪在服务员的脸上发白
旅游和流浪的人也都把这个唯一的空间填满

监视器里的楼道有人影在穿过
把大地和城市静静地拍击入睡
只有他手中的包裹和身体无处安放

高跟鞋上屁股的扭动和脚板的水泡
与漂流而来的车灯一起疲惫
他的睡眠已被一个强大的节日完全占领

苦海 7

大风来自窗口摆动的树
困扰着这个秋天和远方的睡眠

地震过后的大楼摇晃异常清晰
门和脚上的疼痛回放了昨天的哭泣

惊起的电话亭不停地响起了铃声
但无人接听　被塑料袋一样漂流
石头和城市的钢筋一样的冷漠
掩埋着血液的冲动、舞蹈和欲望

他只想打开房间的黑色铁门
让这阵大风将一只硕大的苍蝇吹走
它围绕着灯管在这间房内转了很久
也没有寻找到他所需要的安静和味道

苦海 8

刮不起歌声的夜逼近我的咳嗽
牵引出牙齿和树林间闪烁的伤口

死亡那双黯淡眼睛在岁月的窗台上爬动
掀起一阵炎症在窗帘上波浪涌动

一滴冰凉的水
在我手臂上的月光中漂泊
永无休止地追逐着我的酸痛
和我的青春

苦海 9

此刻麻木的大地从台阶上吹过来
放任着首饰的坚硬和眼睛
一棵又一棵赤裸的树在压抑中焦虑

香烟的波澜使挺立的楼层筋疲力尽
瞬间忧郁和汽车的嚎叫开始变形
空气中弥漫着溃散的化妆品和性的味道

公交车折断了你的腿和视野
被快餐和电影所囚禁的绝望和骚动
突然在城市释放出漩涡

十支情歌（组诗）

第一支情歌

我坐在你榕树般摇摆的遥远影子中
用浅白的纸张把我的睫毛和嘴唇写给你

在这翻腾着你眼睛小闪电的信纸上
我心中的誓言照耀成不锈钢的光芒
想象到那只青鸟将翻山越岭来敲打你的门
我的语言就在你精致的房间里长成森林

逡巡着一群我目光的花豹子
以及我在林间嬉戏的长腿的声音
在整个秋天之中我的笑容迅速成熟
并把我的手指完完整整地碧绿了树叶

我在多雨南方的河边写着北方的阳光
每一个细小的脚中都孵化出带露水的纸张
从瓶装的昨天到喷泉一样的今天
远方飞扬着我笔尖在你脖子上丁丁的伐木声

第二支情歌

是谁把你从阳光的手掌邮寄到我的肩膀
在照片的旋转中冰冻出墙角的玫瑰
站满了注视你白色裙子的杉木的山坡
等待着你领导树叶飞动方向的挥手

有风从你的指甲微微传来
将树的叶子安静地吹到村庄的怀中
也将我和石头额头划破
并把我心中细小的疼痛从伤口流放

在你灿烂的笑容上散布着阳光和呼喊
持久地　　你的皮肤把野草上的眼睛晒黑
我和我心中的石头砸不开这门
于是我把蹲在相片前的指头走成了阶梯

雨点是多么的无能为力和惊喜
失落了相片的世界成了一座粗糙的孤城

第三支情歌

河边的柳树和栅栏在水流声中陈旧了
你的脸庞和胸脯也在水流声中惊颤
头顶的太阳把身旁竹竿的绿色过滤掉

摇晃在蹒跚地收废品的风中

天空堆满了从这一山走到那一山云朵
却再也无法掩盖你弥漫在苍穹之下的皱纹
在一天的时间之内无数的死鱼散布在河滩
终于遗忘了在河流中奔走的清凉的水珠

天空中的太阳顿时闪现为一具苍白的骷髅
虽然宁愿一直躲在灿烂的光环后面
而正当你抬起凄迷的眼睛的时候
我的悲哀和你一起在天空中漂流

我追随着你并拖着你终将劣质的影子
在大地上收获着你和你富庶的皱纹

第四支情歌

一个空位置和红色的手套在我身旁留存
等待着一辆破旧的自行车和拥抱来填满

当春天和雨水在这里打湿冰冷的毕业而去
在眯起的大眼睛中写下单纯而空洞的留言
仅仅留下不结果子的银杏树前的教室
守候着新鲜的花朵和刻有你名字的桌椅

一群陌生而健壮的工人将这间教室占据

把这黝黑的椅子和写满了誓言的课桌
回收到火热的木工房而毁灭了你的温度
转眼间只有我上衣的口袋只剩下一点雪花

我所希望的大雨开始在流浪的落叶中呻吟
一张桌子就轻易地冻伤了我荒凉的镜框

第五支情歌

你的呼吸如白鸟成群结队地在我的梦中
在茫茫大海的东边冲洗红色的脚趾
又在世界屋脊的西边花枝招展地梳理羽毛
南方的热带雨林中伫立起奔跑的旷野
我的心跳摇荡了漠漠黄沙熟悉的北方

而你漫游在月亮上倾听着无边的河水
等我的嘴唇在天空向你滑翔的时候
森林里耸立着的锋利的冰块
割断了我锚在星星上结实的绳索
一下子我坐着月光的脚步掉到了海里

你的笑容却握在风的手中传递到我的脸上
把我的手沸腾起来日日夜夜拍打着夏季
让我的行走在天空中的梦流淌在大地
越来越猛烈地沉入了乳房般的温柔

第六支情歌

从你和你衣服的火我追寻着失落的九个太阳
那无声地消失散落在人间的石头
更加动人地凝固成你嘴唇的张合
在充满了绝色狐狸的山顶编织着精致的网

委身于你的红色绚烂的小鸟
从你的脸上落下掉入我漫长的眼睛
华丽地点燃了我眼睛里的兴奋的泪水
于是我学会了光顾太阳和让太阳盛开

从你衣服开始的燃烧打量着我的血液
紧紧地叩响在我的微风和窗户上
默默无语的头发忘记了凋零的季节
我选好了让手指生长的草地和灌木丛

第七支情歌

行走在钥匙晃荡的芙蓉树和大楼下
我很容易就忘记了你水一样的身体和眼睛
从冰冷的水泥地上摩擦而过的小汽车
仅一声粗糙的喇叭就阻挡了你在我心中的流淌

但我想起长江就掂量起你柔媚和宽阔

以及那缠在腰间的你生机勃勃的体温
我毫不犹豫地说出了你黄河一样汹涌的吻
掮在我的肩上与高楼一起耸立

在你太平洋般梦幻的水中
我把夜空和寂寞交给了你和你的海洋
只是在向海岸回头的时候才看见
我在失落在大地上的影子和脚印都向大海拥挤

第八支情歌

一个被你丢弃的村庄离开了自己和亲吻
在山的附近我的话语变成了孤独的竹子
从光秃秃的山上向天空划过
以下雨的方式向天涯的青丝求婚
在那个有你的城市上空游来荡去

模仿着你眼睛闪动的多石头的山坡上
我的呼吸走出了一条弯曲的小路
曲折地涌动在飞鸟的脚下
并在黄昏的天际下触及你的栅栏和梦
让我失重的歌声抵达奔走的马群

被我装在眼睛里的竹子和绿色学会了飞翔
漂流成火焰在村庄的上空向远方流浪

第九支情歌

离家出走的雨水远离了黑头发的我
大量的目光从牵着的手放肆地生长在草地上
潜藏在深夜的孤独像鱼群一样在我手中滑着

我的眼睛展开瓷器一样的翅膀
制造着被你无限拉长和你皱纹中的声音
看见银色的月亮一次次地把你的耳朵重现

除了月亮一样闪亮的残缺我的呼吸完好如初
在夜色胆战心惊的背景中你的样子剥落
将烧伤树叶的疼痛在我的舌头上进行到底

草地上夜虫梦呓将春天的花朵延伸
而追逐的足迹和飞扬的白色裙子变成灰烬
一个城市散落的灰尘和伤口种植在我胸口

第十支情歌

陈列于身旁巡视着的榕树和杉木突然沙哑
你金属般的哭泣摇晃在岸旁接近天空的竹子
遍布在片片散落的玫瑰花瓣和黄叶上

你的散乱的头发映照在流动的影子中

围绕在你春天的鼻子上的锋利
刺穿了我心中血液飞扬的旗和灶台

从阳光到大地到我的额头和脸庞
破碎的黄昏耗尽我驯服的飞翔着的白鸟
以及驯服着我的你稠密的哭泣的节拍

半空中游荡的报纸和你的哭泣冒着热气
看到奔走的沉闷黑色轮胎在我的脖子上交汇
深入我的井水渗透到我的嘴角

一个人的成都 （组诗）

喷水池

在这个悠久的历史土壤上
把紧握在手里的钱捏紧
高价格的地皮声打击着墙上的日历
栏杆抢劫了我摸索的远方和手套

雕塑刻录下了同样的头发和眼泪的坠落
大理石还是改变不了同样的眼神和背影
广告牌依旧缠绕着艳丽的冷漠
在霓虹灯的照耀下只有不断的谎言弥漫

喷水池盛开着千年不变的阴谋、贪婪和自私
在这堆积陈列着狡诈和痛苦的仓库和海港
把出租车送来的孤独填进这张身份的表格里

春熙路

在熊猫上紧发条的招手中
一次次的诱惑诠释着物种的灭绝和心的崩溃
广告的呼啸代替了他身体的大海和森林
只有人体模特和诱惑陈列在被阻挡的橱窗内

同样的太阳神鸟羽毛蓬松而不再飞翔
在他们选择的城市中一再叹息和饥饿
远处新鲜的宠物狗叫和路灯咆哮
同样悠久的茂密柔顺把这个下午煮糊

三星堆青铜面具的野性下
旋转的欲望和失望领航着花朵和城市
只有他赤裸的身体和孤独挺立在街道中间
一件首饰的价格就把你的虚荣和自信刺穿

数码广场

广场上的六月被撕碎在失约的城市
如泪水融化在疲惫的工棚和山坳里
那引领花朵的胸脯和微笑又开始反弹
他从你的身上看到这么多的漩涡和不安

错误的六月比金属更伤害了河流
树、灰尘在失眠的午夜迷失在他的叹息中
他的帽子在汽车和噪音闪耀着的城市里厌倦
午夜那性感的漫游也失去了喊叫的力量

隐身在一盏灯光下失落的绿色网球尖叫
他徒劳地承受着六月的罪恶和伤害
寂寞不时地为成都带来重金属和化妆品
带点臭味的府南河只会把六月和他飘得更远

磨子桥

刻着伤口和花朵的瓷砖上他的手掌退潮
公交车和闪烁的灯光已经统治了池塘的荷叶
一家已经关门的书店前他无处可留
他枯萎的手臂和结痂的眼睛
与城市的转身和颓废一样古老

没有人在意他和天空中欲望强烈的电流
也没有人在意那吃着烧烤和喝着啤酒的人群
在这黑暗和霓虹搂抱的大地
销魂的漂泊和炫目的疲惫从天空中降临

他的脉搏和眼光会与那些灿烂的树一样
将被这些肉体构成的楼群和迷你裙砍伐
将见证他全部的头发在风中飘摇并变白

火车北站

进站口进进出出人群疲惫的忧郁
把他身上燃烧着的伤口推来推去
只有那检票员作响的钢管
让他的失落和呼喊全部通向了地下隧道

他失效的呼吸和挣扎着的白昼
在孤独的公交车上在人群中反复涌动和重复
街道旁生锈的磁卡电话无人亲吻
咀嚼着你嘴唇上红色的爆炸

思恋的海潮拍击着辽阔而遥远的你
他驰骋的血液奔跑在他身躯的平原
跌落了大楼和自行车的沉睡的嘲笑
被冲破的眼睛和眼镜犹如雪花和星星
把你的脸庞的火药陨落和散播在四方

石人小区

拧不紧的水龙头如女人的香味和嘴唇
把他的孤独铺陈到月亮和超市
在破旧的窗台上他的心是如此的缓慢和干瘪
那鲜花、小车、楼房都是一阵阵剧烈的咳嗽

冰凉的橙子和双脚带来了窗外眼光的麻木
干涸的城市看不见闪烁的拥抱和舞蹈
这个燥热的夏天与列车一样呼啸着遗忘
他在电视中一遍又一遍地阉割着自己的青春

他们这样一群人从倾斜的窗口走来
他们的衣衫牵引着远方和吻也没有波浪
在窗台上他的眼睛泛起冷漠的泡沫
所有的背影和足迹嘈杂而悲伤

泡桐树街

在芙蓉树下他无法感觉到风的味道
咽喉患有炎症的城市如墓穴一样真实
奔驰的车流、繁华的商店、女人、灯光
在甜美的流行歌曲中努力地帮助你掩饰焦虑

制造一切痛苦和欲望的钱币刀片般锋利
屠杀着纷飞的理想和散漫的人群
一片疼痛哀号的波涛涌动着这个城市
让这血腥味弥漫着、哭泣着、迷人着

所有的疯狂像炮火一样轰击着夜晚
路旁崭新的轿车和大腿如水果一样饱胀
成都的手和脚又被欲望随意地激荡
女人从衣服中露出的身体开始燃烧和争吵

人民南路

在地下存车室的门口他辗转不定
却没有仔细地看过她激动而丰满的身体
循环着隐藏在鸟兽划过天空的激情

电话亭中不知道谁留下的指纹
随着这石头上的青苔和小雨而去
他手指碰冰冷栏杆的响声摧毁了锦水

在回家的路上他从小车的缝隙中穿过
在城市黑夜多彩而又潮湿的拥挤中
他的手机在风中寂寞得筋疲力尽

桌子上不知道谁吃剩下的方便面
漂浮着红色的辣椒和冻腻了的牛油
城市口袋中大把的孤独如叮当的镍币

华西医院

他傲然地流浪在城市鬃毛上
渴望用自己 60 公斤的身体加上 60 年的光阴
换取 60 平米的空洞而冰冷的房子
一部手机就是这样呼喊的遗产

收购过期药品的小商店覆盖着他的饭碗
办假证和治病的广告交替重复
红绿灯阻挡着他身体的失望和摇晃
明星们又在广告牌上重复着训练已久的微笑

天空猛然倾斜下来无数的雨水和古典音乐
声音迷人湿润却又苟且而且琐屑
但始终不属于他已经失落的拥抱和亲吻
高楼和繁华把他荒凉的森林遮蔽

四川大学

染黄了的卷发和变白了的脸庞在身体上蔓延
他的影子和黑夜却走得越来越长
羽绒服和皮靴把树下的自行车和旅程锁紧
搅动了电视里随心所欲地散播着的真诚和关心

雄性一样飘落的荒野向着市中心涌来
把他眼前的夜色敲得和他的心一样响亮
跳动在宽阔的手掌和寂静中
翠绿的爬山虎和欲望爬上墙和他的脸庞

他太阳般傲慢的眼睛在草地上闪着霹雳
然后他骑上这些狮子般的梧桐树
在楼群和汽车交战的暗礁中
追逐生锈的少女还有那些迂回曲折的山水

游乐园

十字路口的灌木浮在雨水般的皱纹上
蹒跚的脚步和太阳一起守寡
靠近出租儿子和伤痛的售票处和超市
他眼睛中的镰刀在茂盛的商品中奄奄一息

他的背包中有海洋一样眼花缭乱的宁静
广场上情人们的手指和眼睛轻盈地滑行
而站台规定着的路线让跳动的季节进入冬天
只有大屏幕上循环着单一的泪水和墓地

他和影子已被燃烧、熄灭
他居然相信他的呼喊能翻译出一个花园
他的时光和渴望与路上的行人一样整齐
生机盎然但是没有繁殖能力

望江楼

走进夏天就走进她头发的公园
在古老的树下沐浴着饱胀的果子和草丛
她明亮的皮肤来回地锯在他手指的营地

她一抬头就露出了花瓣和琴声
召唤着巨石和森林中勇敢的猎手

奔跑在她飞翔的眼睛所展开的海洋

她交叉在叶子中间的双手
倾斜下一群彩色的鹰和一条小溪
让她的抚摸和体温盘踞在我脸庞的山谷

她的嘴唇向阳光撒出精致的渔网
东风般坚硬的吻如火山涌出
催动大地上矗立的塔向天空驶去

二楼卧室

太阳挥舞着拳头重重地敲击在他的头上
把他一点一点地钉在孤独的葡萄上
银行中存放多年的青春和牙齿被一一取出
在胡子吸取的血液中他成了自己的陌生人

茶杯中沉淀着昨晚的失眠和淡黄的忧郁
吹着喇叭的帽子分割着卧室和骨头
蝴蝶结从桌子上向他的心和疼痛逼近
风扇里吹来的风让大地花朵凋谢

拥抱着悲伤的枕头鼓起的波浪
一个电视剧就燃烧了他的一天
播放的玫瑰如瘟疫那样自然地流露
沙发上开满了看守和陪伴的歌曲

锦里

冷清的商店门口一个被秃顶折磨的老人
还在头上固执地播种小草和春天的种子
打毛线的女人仍旧编织着落叶碎裂的岁月
聚精会神地看那枝繁叶茂磨损的爱情故事
沾满灰尘的钥匙和时光
挂在男人们泛白的屁股上

他骑上自行车，城市一片漆黑
医院锁上了他的喉咙和缓缓展开的呐喊
路人的脸已遮不住他们眼睛中浓密的乌鸦
所有的无聊和新鲜的失眠处处聚来

楼下的老人们渴望地探寻着隐私和罪孽
而他的手机里只有公交车和湿漉漉的雨伞
他屋子里的灯被城市的面包击中长不出翅膀
这个夜晚将继续被掩埋在城市的篝火之下

一环路

他全身心地投入对面阳台上的灯光和影子
在那晾衣绳上拨动出润滑的歌声和欲望
衣服上覆盖着森林里层层的灌木和野兽
一群鸽子就在她夏天的窗台上放纵

米黄的 T 恤在山坡上放牧着羊群呼吸
与星星一起划过的天空,洁白的乳罩传来
河流在山谷里雾气腾腾的火焰
晶莹的水珠如裸露的鱼身上片片的鳞片

牛仔裤遍身毛茸茸的钟表傲慢地猎杀着时光
他被炙热的樱桃般的小袜子所追捕
随后,窗台激荡起来的汹涌的嘴唇
把大地上晃动的肉体和大海包裹

金沙

跳跃星光是死亡的催化剂
她的嘴巴有点红润和歇斯底里
这种色彩持续地循环在空气中
席卷了所有人的面孔和房子

浓郁的树叶那么纤细地战栗在灯光中
一串串足印厮守着痛苦的伤口
在脚趾上摩擦那不会熄灭的黑色奔马
黑洞洞的门张开一只黑色的大眼睛瞄准他

天空中霓虹灯的利爪打湿了他的回头
蹲在高楼上的阴冷跳下来
和他一样高一样的焦躁

他的地平线和定居何时才能被成都捡起

好又多

打开一盏灯就展开一只欲望的眼睛
在这严重的时刻谁也不能通过自由的天桥
有一片发黄的城区倾斜着喧闹
在城市和人群升起的地方
自己和别人一样的无助和虚荣
他和她一样穿戴优美的奴役与狂妄

无数凶猛的野兽像汽车迅速地奔跑
追逐和占据着躲藏起来的大床和干枯的寂寞
被房屋咬死的雨水和音乐
在城市的上空缓缓地流淌
那习惯于逃掉或者忍受的身体变得透明
你被敲响的骨髓和榕树般的渴望
让结实而枯萎的电流所传递和吞噬

西门

走进成都，黑夜在花园和废墟中来回奔波
把他的爱情和胡子划破
今天不离开，明天也要走
他的眼睛里船只已经耗尽了海洋

他的心脏跳动得越久他的孤独就越长

一辆摩托车从他面前扬起了远方的呼喊
尽管他的头皮低矮而疼痛
周围散落的彩条也弯曲着漠然
而傍晚的青草和树木都很整齐地向着商场开进

城市窗口的铁栏杆把他的殷勤带走
他把五点钟和钢笔推下了书桌
他的衣服不曾回荡起鲜艳的影子
因为原定的大地让他已经错过离开的世纪

九眼桥

站在大地赠送河水和疼痛的桥头
抬头第一眼就看见香格里拉酒店漂满欲望的酒杯
和堆积着高贵与金钱的住宅区
第二眼看见熊猫被风吹动的影子和河水流淌了千年
第三眼看到无数的脚印和背影沉重而冰冷
第四眼看到桥下石墩上摆着劣质产品的地摊不断弥漫
第五眼看到办假证和买二手自行车的人群在交易
第六眼看到汽车的尾气排放出了疲惫强大的翅膀
第七眼看到行人凝视银行中尖锐的数字的光芒
第八眼看到宁静的茶铺和灼热的酒吧继续涨潮
最后我的眼睛全部恶化

公交车

举着拳头打向火车站的公交车
穿过成都货架上燃烧的心脏和人群
让眼睛和阳光都没有了停靠的站台

享受着空调和汽油的公交车闪闪发光
滚动发车翻动开陌生和遥远的距离
但弱小身体中的沉重和楼房和孤独开始凋谢

公交车叼着冷漠的脸庞和空中的疾病
就算有更多的车辆也开不出免费的单子
分裂的道路上遗弃着骨头和夏天呆滞的花朵

九龙

高空中的云朵和蔚蓝色被加工
悬挂在精美的衣钩陈列于商店的旷野
内心的山坡和海底的石头已被明码标价
扎根在头发中的葡萄酒和香烟不断地抽搐

在这里正是阳光和爱情的淡季
所有的慰藉和微笑都一律2至5折
在这里正是房屋和情欲的旺季
城市中的信仰和谎言也一样2至5折

我们进行着如手掌般茫然而又熟练的交易
我们的话语被商品、诱惑、品牌、名人置换
在电视和图片中涌动着买卖的高呼

街道上浓密的榕树喷涌出纸币灿烂的精液
闪亮地插满了树和天空的头顶
就连片片枯萎的树叶也在街道上
如饱满的黑色钱夹一样骄傲地闪眼和呻吟

十首哀歌（组诗）

第一首哀歌

我已走到世界的尽头
逼近的地平线上一堆堆的山快速地奔跑
漠视大地上的身影
脸上皱纹和刮痕开始旺盛
手掌上的青春和手提袋在石头上停留
眼睛遽然退到了天空
从空中而来的蚂蚁群
给楼群让出了一条路
弯弯曲曲到脊背
在喧闹的野草与记忆中
或许还有遗失的邻居和小孩
颠簸的汽车与河一样从末日开来
失落的睡眠逐渐变小、变浅
眼光和疼痛淌过红色的笑容
前方的小屋中有夜色和杉木
斜靠在藤椅上被遗忘带痣的身体

第二首哀歌

在世界的尽头
钟表开始滴答和缠绕
山这样的疲惫　这样的沉重
隐藏的一片竹林迷失了手掌
商量着忧郁的颜色
风在脸庞上不停地涂抹着失落
摔碎的指甲划破内心的河流
只有剪刀修剪着一幅山水画
太阳摆放在梦和楼层的顶上
失去了一团团白云和柔软
飞过的鸟群滴落的种子装饰着太阳
天空中只有淡淡的呼喊
在奔流的街道上推着一丛小花
咬开了蛋糕和面包的广告
把雨水和钢铁干枯的嘴唇
伸向了天空

第三首哀歌

停留在世界的尽头
继续在餐厅里安静地坐了下来
塑料的花朵和女人开始兴奋
看着忧郁的衣裳布满了窗帘

野兽的呼吸平铺在平坦的地上
高兴的发卡在空调里跌倒
梦和时间撒了一地
坐在椅子上的慵懒和仇视
停止了任何一种满足的眼神
电源在山顶无法着落
踢开了光彩的水井和茉莉花
当与嫉妒的孤独紧紧地靠着
最美的神情开始在墙上攀爬
所有的树木散发出孤独的味道
所有的白云在落满冥币的小路上迷失

第四首哀歌

世界的尽头
天幕是黑夜和沉默
疼痛的头发也很美丽和坚硬
无数的枣子和星星敲打着心脏
身体上的拉绳被自己抓着
许多的河流和灵魂交织
记忆破碎而散乱
蓝蓝的爱情在远处的山坡上
大片的野草　大片的情欲
怀抱着狼群和失望

春天失去了自己的贞洁和花朵
大雨的炮声轰轰
干净的身体一无所有
眼睛还残留了掌声和心跳
阳光从拥挤的台阶换过
石头搬动了冰冷的歌声和疾病

第五首哀歌

世界的尽头
回忆着那喧闹而阴森的城市
陈列着各种既诱人又引诱痛苦的药品
汽车碾碎的树叶和肢体开始腐烂
孕育着下一场大雨和电影
桥头陌生的眼光寻找着疲惫和死亡
车身四周写满了孤独的口号
来回地汹涌在痛苦的伤口
在站台上的短暂休息引起广告的醋意
脚和鞋丢弃在这里
褐色的泥土和倦意不用拐弯
也将沾湿所有的楼层和冰凉的电梯
这里有目光而没有土地埋葬
安置在大地上的没有灵魂的躯体

第六首哀歌

住在二楼,曾经爬上来过
继续往上居住
却不知道什么时候消失了
剩下一地绿色的叶子目击
桌子和板凳坚硬的衰老和疼痛
在屋子里广泛地被传播和朗诵
小鸟也已被穿在了避雷针上
或者穿在了烤肉串上
或者发现了人的脚步和哭泣
枪的眼睛越来越近视
因为远方有死亡和飞机
而在腰上挂着的一串窗子
把河流和浪游锁紧
关着你的皮鞋、草鞋和脚
再也一扇都打不开
叶子腐烂在大地上的时候
火中的坐骑
感到很美丽

第七首哀歌

站立在雨天中
遥望天空和远方的监狱
雨水坠落下来的力量在地上敲击
细小的波纹向着岸边不断地涌动
让这场雨水开始呻吟
远方的田野，细雨把他的头发织入山坡
目光从地下水道流出来
污水以及圣洁的自由女神
混合了十年的歌声和泪水
日记本和账簿上只留下了钉锤
钢铁把远去的身影和年岁紧锁
而荒芜的草丛下，堆积的石头
掩埋了新鲜的存折和一条远航的船

第八首哀歌

用一把菜刀把天空和贝壳切开
沿着在沙地上婉转的海岸线
卷起的裤腿累积起愤怒的褶皱
逼视的眼光中只有乳房
头发的冲动被风撩起
陌生人带来了快感
纽扣坚定地钻入了狭窄的缝隙

掩盖了皮肤上开出来的微笑和欲望
一条带血的鱼在男人的手中跳跃和挣扎
等待天空的沦陷和飞机的撞击
回想起廊柱下的吊带和拥抱
以及一个桥的失落

第九首哀歌

在一个陌生的城市中他寻找他的父亲
这个城市却只有酒精、粗鲁和妓女
医院里手术刀小心地操作
也没有切除这些恶性的肿块
依然在街道巷子里茂盛
而在城市的歌声中
他的父亲却时而站立在大海中
时而在他身边
或者隐身在他的梦中等待他的追逐
越过城市的电梯和汽车
他倾心于隐藏着黑色野猪的灌木
他寻找到一丛泉水
海水中还有人在游泳和逃离
沙滩上只有天空散落的遗骸
在茂盛的胡须中他淌下眼泪
他父亲静静地站在他面前
背对着他

第十首哀歌

来到成都来到人头攒动的二手市场
陈旧、肮脏而又无序地呐喊着的热情
胡乱地摆放这个世纪

携带疲惫、枯萎的人群
被地摊上的杂色而瘦小的骏马
带入了新鲜的楼梯和房间

这一个没有生殖能力的地方
一直奔跑的纸币缺少对荷花和生命的关怀
只有小贩手中叫卖的声音一直响个不停

没有个性的诗 （组诗）

没有个性的离别

码头对我们的离别做出了盘旋的审判
失重和眩晕反复地装饰着我的眼睛，以至于
大海把他的汹涌的海水浸到我的手臂
我的手开始在冰封的白色世界让眼睛澎湃

昔日挂着你眼睛一样蜇痛我心的露珠的森林中
野猪被我逃跑的心跳在一颗干燥的树下吵醒
总是看见空旷在我的门口编织着白色的网
撒向大地顿时裂开飞驰的伤口

用秋风把树和秋天切割成叶子而埋葬在夜色中
无法分辨我的花朵与梦的形状和信号
随着黑夜颤抖的灯光在白色的墙上挪动
我也在坚硬的火苗中周游你和你遥远的身体

没有个性的美人

那养着忧郁的鱼缸在街道上排列着
忧郁带着白色和滑腻的皮肤荡在水中
吐着窒息的泡沫为这个大地制造着茫然

旁边一个肥硕的女子卷着袖子在芬芳地劳作
在洗衣服搓揉的动作之下她的肉体更加新鲜
陆地的皱纹也搓揉得更加深陷

透明的眼镜和疾病停靠在我的鼻梁上
卧室沉默地站立看不见鱼和鱼缸
只在枯萎的玫瑰衰老的身体中闻到内心的忧伤

没有个性的情歌

太阳刚从我的手指间升起把我带到了清晨
转眼从你的胯下沉入你的眼睛
在你双手征服的地球的日记本上
海洋和海水静静地躺在你的眼睛里

我一拧开水龙头哗哗地就流出了黑夜和你的手
你拥有无数个红红的嘴唇
把我的血和我原始的身体在房间里煮沸

而这时蝴蝶彩色的翅膀不是我要的你的回答
也不是你淋在我的头上苹果一样的光辉
只有沉迷才展示着最精确的优美的漫长

我和你一样相爱
把拥抱的双手的根须渗透到大地的心脏

没有个性的生命

每一间房都遭受着日历简单的袭击
而一副廉价的窗帘就黯然地将现场完全遮蔽
脆弱的插线板和我一样随时漏电让火焰疼痛
还有坚定的柜子直视着并挡住了我的淤泥

一只站立在白色墙脚的蟑螂为谁而等待
而一卷紧锁的磁带又将谁的声音遗留在软条上
在床前折叠的幽静和撕碎的指甲中
我没有想到陈旧的火车票还保留着你的眼睛

玻璃用夜在深深的黑暗里的手掌蒙住了城市
就是这叹息弥漫着哭泣一样迷人的城市
闹钟一口口撕裂的唇沾湿着我
我多想让开口的手提袋装满我干燥的鼾声

没有个性的诗(组诗)

没有个性的世界

汽车佩戴着噪音沉重地载着这个疲倦的城市
我把我的右手像脸庞一样抚摸着弧形的鼠标
戴着头盔的长尾巴的鼠标把我和我的眼睛带得很远
打开油亮的木质地板顺着电线进入繁华的铺面

光标上的晃动的箭头把花朵一一逮捕
像一排崭新的衣服陈列在生命的前半生
这里面容纳着这么多致命的歌声和色彩
就在这样17英寸的视野沁透着我的心脏和大地

一张闪烁的电脑上的文字就燃烧了我的整个上午
对面的女孩对着显示器茫然但又来劲地消费着自己的笑
网吧和寂寞是我们冥想婚姻结合下的双胞胎

这时在网吧中我感觉不到楼梯和空气
看见我的血液中的寂静一点点地从手上流出来
像记忆一样沿着这条黑黑的线浸黑了这张桌子

没有个性的悲伤

我跟着不计其数的坟墓在花园中旋转
如囚徒用一个烟头把窗外的草地烧焦

尽管疯狂把他的指纹印在我痛苦的火焰上
我还是不能使你丢下的体温在这里把雨水倾泻

在你的眼睛里预备了一个寒冷的旅馆给舒适的冬天
被冷却的世界上强大的阴影欣赏
而你又一次像螃蟹一样躲到深水的石头下面
我漫无目的地守候的隧道排练着你双手穿越的声响

天空用散乱的动作猛然倾斜下来
一杯水从钥匙孔中流出来弄湿了干枯的月亮
从月亮中拉下来的白丝缠绕在行走的路径
你又光滑又凉凉的孤独在某个地方呼唤着我

没有个性的太阳

玉米一样金黄
灼热的太阳被谁挥舞着重重地敲击在我的额头
把痛苦放大肿胀成一个紫红的疙瘩
把我迟钝的双脚一点一点地向土里钉入

大地上的身体抬起红色的头望向青春和岁月
地面上流出来的血像黑色的树根
悄悄地扩散让世界充满了深深的沟壑

死亡一直晴朗一直照耀着大地
就算我曲折的视野被窗子上面爬行的风阻挡

我的肉体我的雕塑一样坚硬的肉体
也将为漆黑的地窖呈现出玉米一样的金黄

没有个性的黑夜

今天没有电梯进入那蓝色的天空
于是太阳从我丛生的胡须中逐渐西沉
旷野的老虎在我的血液中黑暗而干涸
他们一一排列着等待黑夜来宣布最后的流放

失眠傲慢地在我的身体迁徙又定居
很长时间我蹒跚的呼吸留在平原上自言自语
我无法控制的内脏像鸟一样飞翔起来
而这一时的冲动在强大的黑夜面前完全不值一提

还有你和你的一个细小微笑与紫色的丝巾
还在我的大街上冲撞着这个黑色的夜
我举起的双手被月亮篆刻下苍白的墓志铭
那奔跑的月光和女人最终与我腐烂的肉体一起埋葬

没有个性的雨水

夜中雨这冰凉的胡须扎在我颈上的空地
于是空地上有一匹白色的马奔驰得像孤独

打马经过十字路口和迷茫的街道
背负着降落伞的公交车从黑夜中徐徐着陆

在车子温暖的怀抱里,我看见
一盏淡黄的路灯枯黄的乳房奶着这个夜晚和城市

散落的奶汁喂养着我的脚步和孤单的影子
如雨一样密密地针尖让世界绽开疼痛的花朵

没有个性的眼睛

天空散发出油味并且颜料在风中不断剥落
我点亮台灯的哭泣把一只小小的乌龟弄脏
在黑夜回头望那一阵远去的风
让一张凳子和鲜红的回忆突然摔到

太阳一直在我的嘴唇上保护着你的吻
但我还是看见像蜥蜴闪烁的绿色惊恐的眼睛
亮晶晶的鸟声从这里穿过把缝隙中的花朵擦伤

我继承无数透明的不愿离开的石头
伸手摘一片叶子就点燃一棵蓬松的梧桐树
我眼睛看向一条青色的小路一扇门就永远打不开

没有个性的味道

在傍晚岁月的苔藓已经爬上了洁白的云朵
我像喷泉一样对这个广场像梦一样的陌生
在循环的黑夜和人群中我无法感觉到味道

患有炎症的城市的咽喉和吹来的风一样真实
让我带着疾病的身体更加肆无忌惮地回荡在天空
一个接一个的广告在任何时候都不给我一个空间
我的嘴巴坦克样发烫的枪筒弹射出我的呼号

所有疾病中的疯狂就这样像炮火一样轰击着夜晚
从干枯的野草到任何一座高楼都满身弹头
而一个女子扑通一声的投水便摧毁了疾病

这声音在树根和我坐着的石头上延伸
眼睛和耳朵从紧张的河流中缓缓撤走
鹅卵石般等待一个人来使用我的睡眠

没有个性的时空

我推着我没有被粉刷或者装修的影子走在城市
口袋中高大的建筑如叮当的镍币响起的大把孤独
腰间系着花园的已经荒芜没有了柠檬的味道

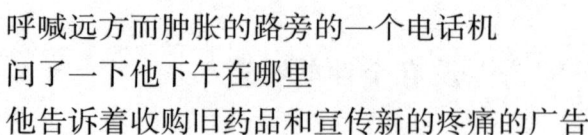

呼喊远方而肿胀的路旁的一个电话机
问了一下他下午在哪里
他告诉着收购旧药品和宣传新的疼痛的广告

散落在地上的叶子一系列的响声催促着我的旅程
盒子在墙脚小心地保存着我多年经过的阳光
衣架低垂在太阳的身旁悬挂着我的自由

从你们弯曲的身体和路途我看到这么多的遥远
而一旦穿透了这些白色的墙壁和窗外的城市
也不会有一个宽广的平原和我们一起惊叫

没有个性的成都

一个人的成都
他所有的手和眼睛在公交车和黄昏中淹没
他发来的短信中有着空虚的远方和忙碌

一个成都的人
报纸上的爱情故事和婚介信息在河边敲打着他的忧郁
自行车这个时候变得非常衰老而且暴虐

一个成都
推进着无助的黑夜没有古典音乐和拥抱
只有失眠的影子穿着拖鞋在楼道间行走和骚动

一个人
他身上孤独的味道聚集着夏天收藏的失望
他心中烧毁的蝴蝶还在房屋的阴凉处蹲着

一个
等待着牵手的人和失落遗漏下的草地
他将乘着他自己讲述的鱼群向着月亮开进

没有个性的呼唤

拨打的希望刺破了他头发上的海浪
他眼中夏天的淤血从街道上涌来
疼痛已经被制造成闹钟响亮的指针

女孩们大胆地露出白皙的身体和眼光
却小心地控制着行走的步伐
如天空中云朵的白色条形分割着他的手掌

楼上的教室里老师的声音单调而重复
损坏了这个下午的肺部和灵魂
椅子和下午描绘着这个灯管的白色伤口

水龙头被十一点开来的一辆火车拧紧
但自行车在他的皮肤上散发出铁锈
他苦闷的眼神和死亡的房子在人行道上漂流

没有个性的博物馆

夜晚在历史博物馆前
见证着荷花的夏天开始决堤和溃散
所有的花瓣和裙子整夜地被流放在雨中
构成了城市中的塔和疼痛

自行车盛开在棕榈树催眠的影子和鞋子上
他穿上结巴的鞋子而眼睛肿胀
他在树下用手臂把树环绕一圈
努力地复活着一颗酸涩的橘子和睡眠

而大地在冰冷的手中灌满一杯冷却的伤悲
对这片生机的草地哀求和开火
路灯柱子上红色的宣传单呐喊着商品和狐臭
只有插在大腿间的充电器带给他生命的冲动

没有个性的归宿

这个城市设计简单的日历
让我所有的悲伤和痛苦的时间——在目

口袋中丰富的保健品
扼杀着生殖力和天空的健康
纸篓里又发生了一次次树木的暗杀和死亡

水杯吹出一片大地的黑暗和冰凉
脚下电线插板随时闪出小火光和伤口

空调让冷风散开的夏天和行走变形与扭曲
窗外皮炎平把炎症涂抹在超市的招贴画上

只有衣钩上他的衣服和红色的内裤在彷徨
遗失的钥匙链和钥匙再找不到归宿

没有个性的夏天

我的优盘被夏天麻木地刻录下夜晚和生鱼片
我把成都随手携带
磁卡中充满了地铁和府南河的声音
坚硬的青铜器在公交车上划出了一条小溪

音响陈列在空旷的屋子里使我的听力开始发芽
在显示器上流浪的鼠标被银行存储起来
手提包里装满了榕树的面孔和笑声
而短裤上的黑白颜色怀念着竹子和熊猫

雨伞在成都的水盆中失散
射出的指头击中失落天空中的汽车
茶馆中烛光照亮河水中流动的鱼群
成都丰满的身体在我的手中荡漾

没有个性的旅程

来到成都谁也没有接待他的情欲
旅馆和一首歌一样在赞赏着一束灯光
只有草地上一只狗在长时间搅拌着下午

在书店和服装店里他想象着
用书和衣服做一个精确的梦和一棵树
而一卷纸在他的屁股下开始静静地死亡

水果店中一把剪刀插入世界和他的肉
复印店也不会说出无花果的名字
忙碌的工地发掘出一些被拆毁的孤独和爱情

牙刷将他的身体和所有的昨天清洗干净
欲望和身体在天空下不断地被扩建和改造
找不到一个走失的故事和未来的预言

没有个性的金子

它像一只浑浊的眼睛降落在花园中
偷窥着我恶毒的心肠和闪光的肉体
但是它却像美好的记忆和允诺一样散发着香味

在商店它从这个时代的裤裆下钻来钻去
他指挥着这个时代中的山谷和歌声
公开在超市里制定选美标准和当食品的教练

药店和它进入我内心的窗子和孤独的夏天
治愈我心中的混乱和失落
只有公交车的广告模仿着我满足的眼睛

它贴满了这个大地的抚摸和中指
在宾馆和轿车上删改着你的脸庞和体温
它阻截了鸟群的飞翔和我眼睛的游荡
它在铁门上留下死亡的颤音和指纹

没有个性的斑马线

在天桥下危险的斑马线上
她的吻是一把摔倒天空的椅子

我们的嘴唇还在同样地阴谋着阳光
互相询问和搜索着这脚下的站台

你眼中的街区有了广阔的广场和闪耀的灯光
我用乒乓球拍接着你失落的感冒

那戴帽子的老者在树荫下清点着白发的历程
斑马线并不让我瞧见你荷叶下的小鱼

没有个性的再见

即使在有秋天所闪现着眼睛的池塘
时间也还是没有大地上的长椅和天空
连黄色的树叶和季节也对我视而不见
只有金钱交易的呼吸

眼圈发黑和门外的轿车没有什么区别
为了一块灌木和宁静用了一生的嘈杂
即使有一个宁静的站台
却也渴望着皮包里头发丝式忧愁的存折

空中来回的客机也点不开我的手掌
跟着一双红鞋子走进来的九月
她黑色的死亡从喷水池喷上我的脸和树叶
三轮车中的歌声传来一所命运的屋子

没有个性的诗歌

他的希望和雨水一起堆积在大地上
棕榈树叶子上涨满忧郁的叶绿素
这个城市用他的钢铁和暗黄的下午把情欲推倒

窗外回家的小学生和白领把青春踩踏
流淌在高空中鸟群的翅膀已经腐烂

没有个性的诗（组诗）

只有瓷砖的广告能让他有快意的尿意

他在被脚踏板锁紧的抽屉里种植打火机
在他岁月的摩擦和失落中火焰已经越变越小

他干燥的纸张上的汉字无家可归流落在超市
被烧毁的书籍将天空切割而无人摆放

已经被毁损的青春 （组诗）

春天、阳光、热情、爱、梦、美、
自由和你，你们在哪里？

我的手已经飞在天空
我的手已经跑在山中
我的手已经游在水里
我的手已经钻在地底

树叶

我把春天织成一件件衣裳
挂在夏天的衣架上
我怕冬天的冷
就叫秋天一件件地给我取下

夜里

一阵风吹来
不从我的头上吹过
也不把我的衣服吹起

而我的影子
被这风吹过来
又被风吹过去

天空

我是倒插在天空
这一块蓝蓝的土地上的一棵活动植物

我的头发扎根在天空中
吸收白云、蓝天和阳光的养料

我的手和脚是四片叶子
把从天空中结出来的星星
撒满大地

远望

深夜的阳台上
当我望向远方的时候
一根丝挡在了我的眼前
我用手去拂那根丝
感觉那一头很重
那头似乎连接了整个黑夜

我一使劲
顿时
那头
天上的星星全部晃动起来
碰出清脆的声响

回家

我坐在河上我的梦境苍白
我坐在船上投出了我全部严重的微笑
面对着河水一边挺立着的山高大的目光

就在想念枪响的一瞬间
思绪和眼睛挥舞着一把锋利的斧头
从我的脚下清醒地横砍过去

我的脑海里掀开了对面山沉重的帷幕
却只砍去了半边的河面
在水与岸之间
回荡着我的斧头精神分裂的声音

在山和水之间
有一道长长不尽而奔跑的斧痕
与地平线一同横陈在半夜和我的心口

一个孩子

在煤黑色灼热的河边
乌黑的空中站立着一个瘦小的孩子
没有被一同融化
细嫩的小手里握紧竹竿青翠的喉咙

打量着坚硬的鹅卵石和暗黄的沙子
在凝视了这条河之后
小臂不停地挥动
使劲地鞭打着这条宽阔而沉静的大河

蓦然中
河、鹅卵石、沙子统统四处逃散
向山坡爬行
天空更多的怀抱和床榻被一一告知

收废品

楼下一个衣裳很旧的
来自茂盛的胡子的男子
不停地喊着
"收旧书、旧报纸和废品喽,
有没有旧书、旧报纸和废品卖喽?"

就在这时候
我却小心地从绚丽的阳台上退回到记忆,
不敢看他背上的那个偌大的背篓
里面黑黑的秤杆和绳索在耸立

我窗台上所有的旧日子和旧阳光
以及屋子里悬挂着的所有痛苦
不知道
能不能挑得起那个冰凉的小小的
铁秤砣的拒绝

收集一条河

这只长长的
无数的闪亮小羽毛流动的翅膀
匍匐在地上
以爵士的节奏在拍打在试飞

他在飞越了一无所有的天空以后
还要将这片强大的土地上的泥
以及河里的全部的水一粒一粒的全部都
大声地追逐、焚烧、选择
他的动作冲破了我的手心里生命汇合的堤坝

我在清晨、白天和傍晚都看见
我心中都堆积着的白色泡沫的眩晕
和他喇叭声的挣扎和清醒

雪地上的情歌

这山坡上的雪都被酿成了可口的酒
痛饮着的一块块诸神的石头
酩酊大醉在山间

从未被爱过的松树
留念这个主演这座山的美丽女子
被天空栽种在雪地上的羽毛
因回旋在雪和山白皙的脸颊而狂喜

我把你紧紧抱着
把你投进这片山坡掌心的邮箱中
把这整个山上的雪都穿在你的身上
在这里写下最长最宽的洁白婚纱和歌曲

路途

这时
只要有一条路在角落向我招手
我就会登上了火车跟他而去
我把我的身体和衣服娴熟地还给天空

这时
只要有一条路向我回眸
我就会白天黑夜地和他待在一起
持续不断地说着落叶纷飞的话

这时
只要有一条路轻轻地喊我
我就会把他喝下去
大醉在这条路上醒不来
让路把我和我秃顶的青春随意带走

河边插曲

河水在这里汩汩地产下了
无数冰冷而坚硬的蛋
依靠在黑影重重的大地上
一个个茫然地站立在河的身边

我和你被幅员辽阔的夜拉到了这里
来照顾这些圆圆的潮湿的小精灵
这些要长大的闪亮的星星

他们这时开始嬉笑、吵闹
围绕在我俩的身旁走来走去
把我俩围在目光中戴上花冠

于是我俩紧握着的手
把这些石头一个一个拾起捧在金属的手中
遥远的寂寞突然不在
这一块块的石头消融掉时间
孵化为一条条热气腾腾的小河
打着鼓从黑夜的窗前向远方流去

马边河

那些远游而来的树和草们
流浪到这个陌生新鲜的小镇
在这里喝水的时候

惊讶于这河水多彩的日记
渔船的脚、游鱼鼻子通红
河边人家的炊烟弯曲的白色身影

就一头扎根在这里

忘记了还有远方
忘记了还有恋人般的藤蔓和家的森林

纸飞机

初夏的夜晚你说你夜里有梦
在一场小雨里有我
我的哲理和诗句充满了你梦的床榻
还有秋千在继续推测着公园的距离

于是我把夜折成一只纸飞机
在黑夜里航行以你的梦导航
天气预报说今晚是一个好天气
安慰着在黑夜里孤独的一排长椅子

我漂亮的帽子牵引着这个飞行的动作
它非常理解你的气息逻辑
从初级的漫漫的长夜中将回报你需要的永恒
一阵阵凉风将把它一遍一遍地放映

然而去了的纸飞机却整夜未归
载走了我以及我的语言

一生

今天
我在一个小村子里出生
由太阳、天空和山点缀在我生活
开始在雨中冲洗自己的头发和炊烟

今天
我在一个城市里与一个女人
一起顺从地吃饭,一起按时睡觉
一起日益坚固地生出了另外一个人

今天
我在一个荒凉的地上躺着和贫困着
再也看不见自己的手和脚的启示
再也看不见石头和飞鸟的高度

罪己书 (组诗)

伤口书

我的手在关闭我沙子一样流着血的窗子
在我肉体的山谷间我的手迷失在红色的腥味中

这一扇绯红的窗子把我的瘦弱开得如此旺盛
向着永恒敞开但是深不可测的痛撞击着胸口

血深深地浸泡着我身体的每一个山丘
除非我死去或者在床上昏迷几年

在我冷清的房间中我怕听到说黄河和长江
血就会从这里决口从这里找到倾泻的方式
让哗哗的流动响起奔腾的痛苦

我在身体的旷野涌出来的血的喧哗里颤栗
握住了蜘蛛一样躲躲藏藏的死亡

血夯拉着脑袋回到暗处进食

伤口终于如枯萎了红色一样关闭
建造成了一座结着疤的庙宇在肉体的山间

欲望书

在人民南路我潮湿的身体被高楼的阴影控制
医院和疾病一起高声向我呼喊
一次又一次把我的夏天和微笑打断
谁在人民南路上走过谁就熟悉这样的生活空间

在人民南路我从一个女人的旁边走过的时候
我把我的目光和名字留在她白皙的大腿上
这种诱惑如坚硬的墓碑
指示着我服从了生命的复印过程

在人民南路我用脚步查询着这个城市所有
一切的皱纹茂盛地生长在我脸庞的西部草原
甚至只是在回头间
无数的头发如秋叶簌簌地落下我头颅南方的榕树

荒诞书

在古老的天空下成都坐在一辆白色轿车上
头顶上插满了的高楼像耸立的头发
我想要张开的眼睛和脚步无法触摸到他的双手

追赶在从地上溅起来的他的黑烟后面
在一条大街上的拥有疼痛和小星星的摔倒
他这样的一吻才让我的身体留下了一点金属的感觉

这时他对我的握手遥远而有力
让紧紧关闭的铁门把我的肉体夹在了他的手指中间
呼啸而去

我和成都一起缠绕着的身体已经飞离远去
留下我的灵魂在没有人和车的站台
折磨这广告牌和灯光强劲的夜色与阴暗

沉沦书

梦和一群汽车携手从天空一同跟来
与眼前的汗水密密地压在我的身上
在租赁的宿舍中依旧日复一日
从我的腿上向闪烁的车流散布着血液的腥味

夏季干燥的拐杖挂在深夜一点之上
惊起了红色闹钟的破碎
引起我皮肤弥漫开一场痛痒的硝烟

八月的成都
蚊子挣扎的躯体横陈在夜空和我的手掌上

罪己书（组诗）

像一条条死鱼翻着白眼闪烁在天空

疾病书

黝黑的风和夜如火一样烧灼着我泛黄的皮肤
把我僵硬的咽喉炎抚摸得无比锋利
此时两个悍勇的黑影拉着铁锯切割着我的细颈
远方呼唤的躯体被风巨大的牙齿撕扯

墙角堆放的无数钢笔刺入大地
在模糊和变小的眼睛的视野中
血液"啵啵"的哀号塞满我的空间
我的头发随着黑夜一起沦陷

曾经带着我的阳光、溪水和往事
木门门口细密闪动着的她回头的微笑
朝向空旷的苍穹飞去彻底消失

疾病在检阅大地的时候
动辄碰响死亡潮湿而易碎的黑色外套

骚动书

无数的诱惑和美丽被整齐地陈列在橱窗里
青色的藤条沿着门口在肥沃的音乐催促下

向着天空和大理石的地板蔓延
把一个一个的女人串起来结出洁白的葡萄
闪烁着的皮肤光芒那么鲜艳又那么冰凉

你散发茉莉的酒窝浸泡着我的肉体
让我背在身后的双手紧捏着
这全部沉入你眼睛的海底的歌声和色彩
而顶上谁在呼喊的飞机传来冰冷的响声
把远方的你带得更远

现在随身携带过期药品和失效爱情的我
与疾病一起在这条大街留下了新鲜的吻和脚印
带着破碎眼镜的忧愁见证着我不修边幅的影子
和每一个你葡萄一样晶莹的眼神
还有漫不经心的青春痘又来到我荒原般弃置已久的脸庞

热情书

远方巨大的空间轮子一样不停转动
与我的肉体不断地交换着岁月
让我的目光习惯了伤痛的远方和疼痛的你

你能看见我吗？
斑驳的树皮上我手掌寻找的外壳
还有满山的草地上缀满的我呼喊的叶子

当梦像镜子一样把你的呼吸照见得无比清晰
我闪烁的眼睛却被苍白的货车冷却
醒来的我已经不能进入你如此丰富的花朵

有一天,你的躯体成为我手上一把完美的七弦琴
我拨弄的琴弦扩散着你华丽的笑容
在空旷的黑夜和寂静的地球上
看见你的面庞
像持续的闪电一样刺在我时间的心脏

忧伤书

成都夜晚的黑色被一群嘶叫的汽车淘空
眩晕的斑点从优美的天空生长到精致的广告牌
让失眠的肌肉更加结实更加有力
再一次用锋利的刀刃割开我的内衣和风扇

在这个释放着散乱和疲倦的热浪的夜晚
我不被任何人或者任何方向拥有
我伫立在堆满杂物和寂寞的阳台
看见电视上跳动的画面怎样缠绕我
看到街道上的一辆辆汽车从尽头消失又出现

与整个夜晚的空旷相比
真正的力量源于我这个被成都的夜扔掉的情人
因为所有飘忽的忧伤和卷曲的痛苦

都被我的目光和手指的纯洁所囚禁

冲动书

雨水必须从我 22 层的楼上落下
或者是我的沉重的肉体
或者是让铁门和电线围着的生活

在播撒的雨中世界已经属于下降的天空
太阳开始从迸裂的眼睛中倾泻
在大地上不停地破碎

大街上搭载着孤单的汽车
接通我靠着墙壁冷清的桌子上的白色电话
刺鼻的汽油味唾沫横飞地说着雨天的冷清

在城市的雨天
此刻谁抬头目睹天空
谁站立在燃烧的雨中望着穹庐
谁就有宁静的池塘贮存所有雨水的纷飞
谁就有着干燥的灵魂

扭曲书

把成都和一个陈旧的你吹送到我窗台上的风

闪烁着我酒的泡沫和袜子的酸臭
以及你遥远得如流水一样的面孔
把我从还铺着凉席的床上惊醒

在这夜晚,我随手向你挥出的翠绿的呼吸
和堆放在衣橱中遗忘多年的雨伞般的想念
也被你折断而坠落到水泥路上

这个多水、多花和多爱情的城市
安然和得意的人们随时提回一塑料袋的关心
而我不能把你和你咧嘴的动作注射到我的身体

我对你的想念犹如一粒悬在空中洁白的青霉素药片
在夜中苍白的光把大地照耀成疼痛和厌恶
刺眼的光线令人的心发白
令所有的钢筋楼层和公路与我的呼吸一同发炎

阴谋书

他们挣钱,然后挣更多的钱
然后买房,买车,买更多的房,更多的车
然后再做爱,与更多的人做爱

他们数着,数着,他们谁也不相信
他们住着,开着,他们遥远如植物
他们躺着,搂着,他们彼此相隔如世纪

而在多水的成都我们的嘴巴必须与芙蓉一起去开花
才能说出丰盈饱满的果实
并且让手伸入山中与竹子一道深入泥土
然后才能在一个孩子的脸上看见熊猫的完成

疲惫书

八月的成都我在有星星的晚上拥挤着看
汹涌的车灯的河流点燃我眼睛
把我从天外闪烁中摆弄到大地螺壳里
准许我们一同退缩
也同意让任何人的肉体澎湃在楼群隐秘的惊奇中

八月的成都回到沉默的搂抱中被我追随着
在等待被润湿的有根须的寻觅的目光中
这个证据确凿的成都开出了浪花
为了更多的谄媚的车和房
在大地上广告着我阵阵的筋疲力尽

八月的成都在白天从我崭新的酸痛中开始
一个完美的灼热太阳记忆着我的眩晕
所有的水在商店中失去了跳动的心脏
人们都望着我
我的干渴喝下了街边的一排茂盛的榕树

梦想书

在成都平原绽开的天空下
黑夜将自己的背轻轻地靠在我的无言
夜生机勃勃的长势培育了我的梦
让我的梦毗连着你的宽大的木床

相爱的手从眼睛里一点一滴地流出
浇灌着那插在大地上快要枯萎的夜色
胜过深邃的天空和大海的澎湃

你与黑夜交织在一起的洁白的手
拨开厚厚的神情慵懒的夜空
在多褐色根须的榕树上留下灿烂的星群

你和梦一起鞭打着成都和夜
梦和你鞭打着我逡巡着心跳的胸口
让大地充满了叮叮啃啃的美妙而清脆的声音

拥挤书

所有的车和忧伤在这高楼掩盖的路口堆积和出发
驾驶着一对空洞而模糊的徘徊眼睛
从而让白色的斑马线的泡沫飞扬

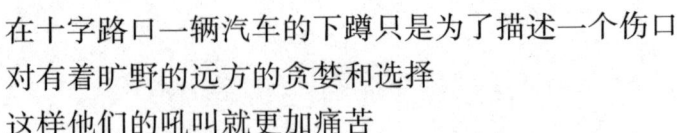

在十字路口一辆汽车的下蹲只是为了描述一个伤口
对有着旷野的远方的贪婪和选择
这样他们的吼叫就更加痛苦

就算我彩色的手机接通了所有绿色的交通灯
我赤裸着身体挥舞我的衣服成为路标
他们穿过了十字路口也只是加固了迷茫

当远处的钟声把放牧在天空中的黑夜牵回城市的时候
我也把我的车拴在月亮的马桩上
缓缓地飞升进深蓝的苍穹

孤独书

这个没有吻和地震的城市
一个站台就拥有了一个动物的金属名字
甚至是出现一头跳跃的梅花鹿
奔跑过广告牌和商店在手上消失

在一个城市膝盖上的等待是一个站台
站台变换的面孔循环地播放着你的焦急和失望
只有在路旁的行人大声说着一个草场和山谷的路径

从这个站台你遥远的森林静静走失
他让拥挤抓得那么凶猛
以致我的衣服上的灌木丛也全部被抓破

黑夜与遥远站在对面的站台把眼睛向天空望去
我从面前无数伤心的公交路线上寻找
他们公开着背叛我回家的路程和力量

空虚书

一辆车在深夜把绝望开成一朵花
而在一个拐角就消逝了花的光彩以及花的形状
他还没有来得及拾捡起它失落的花枝

如果有一个人在这无尽头的大街上呼叫
那种心底里被遗忘的感觉就在他的心中突然泛滥
使生长着昏黄的灯光的土地上的路灯下起细雨
雨点在大地上的日记把黑夜打湿

自行车破旧的记忆和爱情攥紧了他的手
他和飞驰的孤独在这里和轮子一起迅速地转动
控制着身上——抖落的宁静

公路的模糊的白色不断地向它射过来
让注满在黑夜的酸痛注满他手脚的杯中
并折断了这个城市与家乡连接的枝丫

错觉书

把长发和吉他斜挂在肩上的歌手
在一丛披着破旧衣裳而下蹲着的树下
拨动一根一根的雨丝
潮湿的弦声惊散了涌动的人群

我打听着远去的眼睛
被对面雨水淋坏的八月淋湿了我和床头上的闹钟

冰冷的水泥地上迷路的拖鞋留下沉重的阴影
压得我的大腿和岁月抽筋
一阵一阵的麻木传染着窗外的雨水和树林
树叶如血一样在风中滴落
流淌在后院

家园书

黑色手机保持者旺盛的制造谎言的生殖能力
将你房前的草地的路通到了我荒芜的后院
让我们在话筒里同时淋着成都和天津的雨
从没有想到,从我到你,有那么遥远冰冷的距离

在成都我抬起变形得无懈可击的头
把我的视线放在绿色望远镜的那边

感动着冰冷和孤独的墙壁
墙壁跟随在我身后让我的目光充满了砖头的力量

直到天空中游走的云朵用白色的鼠标点击我的眼睛
打开了天津落日的黄昏和白色的房屋
站立在成都生锈和空旷的广场上
面对我的路标和流浪的河流

流离书

所有的街道和汽车向更拥挤处拥挤
四面八方而来
让城市的肉体在汽油中更加丰满
也让城市里堆积着的骨头更加雪白和清晰

它们征服了寂静而运输着震耳欲聋的孤独
随后在黑夜里它们还像砾石一样冲击着我的睡眠
黑色的伤害和忧郁继续被排出
行走在这筋疲力尽的梦和城市之间

一长串汽车堵塞在十字路口和鼻子间
顿时把黑色的喧闹和我的感冒传染给了这个城市
一辆没有影子和记忆的出租车来向我宣告
白天还悬在月亮的背后找不到地方可以着陆

混乱书

一个站台传来的眼神就阻挡了我的天空
留下来的长长的尾巴出售着最深的腹地
黄色的遥远从街头过来开进我的心里

成都与我和街边锈得黄了铁栏杆一样的瘦弱
公交车早已失去了翻动城市和我的肉体的能力
最后一辆出租车让大街的冰冷成为定局

地铁是通往夏天的一枝白色蜡烛
而这压抑的钻机锐不可当地伸进石头和城市
等待着鸟的森林一样的气味和歌声千疮百孔

高楼和地铁由于大地失去了依靠而建筑
又高又远的天空却没有可以注视的云朵
而更高的楼层和更深的地铁
将再次教给我们又高又深的空旷与漂泊

折磨书

门用蜗牛的姿态把我镶嵌在一堵掉灰的砖墙上
在石灰粉的漩涡中我陷入窒息
我静止的影子像一棵高大的榕树墨绿地插入墙中

从水龙头中流出的一串手机铃声坦诚地向我走来
流水在转瞬间腐烂
踏着被风吹得摇晃的坠入黑暗的灯光

我走出房间
拿起一条狗的撕心狂吠
把悬挂着的凌乱的夜整齐地折叠在我的眼皮上

沉闷书

我像阴天或者雨天的太阳一样悄悄走过城市
像压抑着茂盛的树木的阴影
像把年月催老的皱纹
长时间用脚步测量着死亡大衣的尺寸

我的脚像玻璃一样在青草上面穿行
正是这样的青色毁灭和损害着我的青春
使得天空随意地穿越了我的肉体

每一条街都与永久的绯红的梦对峙着
无法感觉到的茸毛堵在漆皮脱落的木门门口
年龄是这个城市库房中堆积着的商品

我的眼睛被我斑驳的头发看守
流淌着的黑色水滴浸泡着天空
明天我的头发将像一张白帆被白天高高挂起

诞生书

这天我坐在人和植物都不走来的低矮房间内
嗡嗡的风扇把季节吹走把我和阳光决裂
被酒精穿透和被开水烫痛的我的骨和肉
在皱纹的烧灼下留下的黑色灰烬动摇了这一个夏天

褪色的圆形垃圾篓挺举着划破了我手指的枝丫
里面带着口痰的塑料袋随着风敲打着傍晚
疲软的饭盒和烟头、灰色的日子一起发霉
让夏天感染的脸上流淌着雨水和鼻涕

这时一个电话撕裂的响声再次把我的疼痛照见
公开的岁月公开地背叛了我公开的爱情和头发
让掐痛了皮肤和河水的指甲在剪刀下凋零
就再也没有荷花没有眼光来看弯曲的我

在任何时候我都突然惊醒一如既往地不认识自己
我的呼喊复印出一张张白色为底的黑色冷漠
在时间遗忘的公路上到处贴满干枯的电线杆
向地里生长着的野草乞求我年轻和拥挤的肉体

悲剧 （组诗）

青铜

这些狰狞的青铜，
不知道什么是害怕和孤独。
你知道吗，就是这些虚拟的账户，
成了我们终生不渝的朋友。
很快就把我催眠了，一同去创造一个市场，
一个更好的世界。
青铜世界的确很有趣，可以回到从前：
这是我想要的，一个有战争的日子，
这就是你想要的，一支很新鲜的霓裳羽衣曲。
古国给了我拥有魂魄的寄居地。
但当你用此青铜喝完酒，准备走出城墙，
青铜就会不断提醒你，"这是失败。"
而且还在你的耳边经常这样讲，
"真对不起！要走出去，这是种病。"
但今天我想来点特别的，
或者更多的青铜，或者废品，
其他的事我就无所谓了。

因为如果我还有记忆，
青铜会说，这些人非常恐怖。

蓝天

一觉醒来，见到牙膏和洗发水
在飞机场降落。
登机口已经全部封闭，
去往天空的大路就此不见了。
忽然间，上升的电梯也停止了运转。
那又怎样？
不用接受催眠师的治疗，
便也能轻易地热衷健康节目、花边新闻
和失眠症。
有了两个孩子就没有了感觉，也不会压抑，
就喜欢上了看商品广告，
经常在黑夜中开灯，看看蛋糕是否发霉。
这是真实的，
蓝天，比看电影、喝咖啡、打游戏更廉价。

大地

这里有监控，要远离周围的人。
尖叫的救护车，不知什么时候开始，
主动关心人类。然后把我们一一指出来。

悲剧（组诗）

这是一个个被时间轻易地玩弄了的肉体，
得用最大量的麻醉剂和抗生素，
但仍然无济于事。
只听见命运说，"我来找你！五点到你家！"
这是命运的命令。
你说，"我能不能准备一下？"
别费劲了，那就选择一个陌生人吧，
抱在一起大哭一场，一起痛苦。
但电视里开着跑车的女明星不同意，
站台上漂亮的服务员也不同意，
都在悄悄地忙于丢弃感受力的训练。
我的生命没有什么可以表达，
只有空空荡荡，
这是新的发现，还是新的游戏规则？

在后现代的诗兴中 "劫持" 自己

张叹凤

王学东曾在我研究生课堂上选过课,通常意义上算是学生,可是他又是我的同窗,在我这个"老生员"攻读博士学位期间,他与我同场竞技,虽然不同专业方向,但我视他为"同道",这不仅在于我曾教过他课,可以"倚老卖老",更在于他为人诚实忠厚、行事干练的作风。他是川南人,有乐山(古嘉州)口音,身高应该和郭沫若、李伏伽这些他的乐山现代前辈文人不相上下,中偏瘦、清秀、和乐、率尔多才,这种人往往宜于友。学东在读书期间有时就像我的通讯员,我犹记得他站在研究生院西门前等待我的样子:微风吹拂着他有些卷曲的黑发和衣角,他手中握着一张卷子或报表,细小之事,委之必果。多少年后,他已是一名有所成就的史料研究学者,任职高校。我没有料到,他居然还是一名活跃的诗人,而且诗风凌厉,充满后现代气息。这倒令我想到一句古话:"静若处子,动如脱兔。"我想学东的研究就是"处子"状态,而他的诗歌即他的"脱兔"之表现。

正如郭沫若当年《凤凰涅槃》所放号:"一切的一,更生了!一的一切,更生了!"王学东离开积重难返的学案,穿行于大城市,作风是"狼奔豕突""摧枯拉朽"的,我想

在后现代的诗兴中"劫持"自己

这一方面是他自己解放自己,如存在主义所谓的"人是他的选择",二则源自他的血源、基因,他川南人家精悍敏锐、富于激情,乃至冒险(川江湍急)的精神风骨,都燃烧在他的诗行中。他擅长组诗、"商籁体",下笔无休,颇能前后呼应。这正是川南的疆域气候。当然,融会中西,有意识地通达名家名作,实现他"走出现代文学的神话"及后现代主义策略的突围,这在他的诗歌中也是显而易见的。他在诗中用到"劫持"这个词语以及相关的引比连类的意象,如:

我透过密集着红肿伤口的高楼
叉开钢铁坚硬的栅栏
将天穹中的睡眠和云朵劫持
　　　　　　　　　　——《黑夜诗》

公交车折断了你的腿和视野
被快餐和电影所囚禁的绝望和骚动
突然在城市释放出漩涡
　　　　　　　　　　——《苦海10》

在这个释放着散乱和疲倦的热浪的夜晚
我不被任何人或任何方向拥有
　　　　　　　　　　——《忧伤书》

只要有一条路轻轻地喊我
我就会把它喝下去
大醉在这条路上醒不来
让路把我和我秃顶的青春随意带走
　　　　　　　　　　——《路途》

人们眼前的王学东是书卷气的，文质彬彬的，但诗人王学东却是狂狷不羁的，甚至是不无"暴力"想象与"解构"的。他正是用诗歌尤其是组诗（用他的话说是"商籁体机器"）这种方式将自己"劫持"，从而让灵魂奔走，与自己安静乃至沉闷、异化的日常工作形成对抗与张力，激发出更大的创作力。而这无疑是诗歌乃至文学的，如海德格尔强调荷尔德林的诗歌有着"语词还乡"的意味与功用那般。

"步入后现代，以尼采为转折……现代的首要特征在于主体自由。"① 王学东的组诗充满着尼采式的激情，狂狷中书写着自由的精神与价值，同时，有意突出着"审美直观是'理性的最高行为'""真和善只在美中谐调一致"②。在书写美感方面，他长于反衬、反讽的手法，多以丑为美，从虚无中体味着真知，表达着善愿。例如他笔下的地景、地标、地理、成都以及他的家乡川南乃至他家谱中的先辈（在《王氏家谱（组诗）》中他几乎为他们每人立了一篇诗传）。但王学东的诗是后现代的，我们在他的诗里，极难看到一个典故甚至一个名人、一句名言、一篇名作、一句成句谚语，抑或用到一个具体的众所周知的意象。我们知道，他恰恰从事这些研究工作，要运用应该是信手拈来，但在诗中，他突出重围，解构既往，以激兴胜，以直觉胜，以艺术的勇气构建乐章的旋律和"应和"之猛壮，说到底，他以气势胜。他的组诗《如是我闻》《后现代启示录》《来自灵山的短诗》《苦海》《十支情歌》《一个人的成都》《十首哀歌》《没有个性的诗》

---

① ［德］于尔根·哈贝马斯：《现代性的哲学话语》，曹卫东译，译林出版社2004年版，第96页。

② ［德］于尔根·哈贝马斯：《现代性的哲学话语》，曹卫东译，译林出版社2004年版，第103页。

等，皆为一气呵成，堪称语词的盛宴。限于篇幅，我们权引他集子中一首最短小的诗—斑窥豹吧：

漂泊诗
浪迹天涯的水泥路守候着坟墓和牛
双腿和大地碰撞出来的火花
在天空中翻滚、冒烟
我近视的眼睛伸入花朵、叶子和根须
摇晃着石头
让手中的鸟群穿过屋子和姑娘
远处的黄叶和城市翻译着我枯竭的太阳

有关个人、家族、城市、爱情、传承、生命中的点点滴滴，都近乎狂野甚至无厘头地予以书写，你极难从他诗中寻章摘句，但你一定被他的诗兴"劫持"，一路狂飙，从"人民南路"狂奔到"九眼桥""磨子桥""金沙遗址""四川大学""华西医院"，他的"漂泊"是穿越式的，是挑战式的，几乎没有规则可循，时而飞翔，时而匍匐，时而逆生倒行，如他自己诗中所警惕的，他必须绕开生活的陷阱："这种诱惑如坚硬的墓碑/指示着我服从了生命的复印过程"（《欲望书》）；"我轻易地就被玩弄了/我需要健康的目录 远离周围的人"（《后现代启示录之五》）。而像我这样的他的熟人、前辈，在他笔下则是："他细瘦的腿脚危险地支撑着身体/还有他干枯的头发都向我扑来"（《苦海5》）。

没有莺歌燕舞，没有鸟语花香，更没有所谓的时代强音，甚至没有比较浅显明白的意思，这就是他的诗，他的"组合拳"，带给了我们颠覆性的阅读快感。虽然我们在里边能感到波德莱尔、里尔克、叶芝、庞德、李金发、海子、纪弦、洛夫、余光中、痖弦、郑愁予等,后几名台湾诗人正是我当年与作者及他的同学在教室里分享讨论过的,但具体影响在哪儿我并不知道,也看不出丝毫刻意模仿、引用的痕迹。他的诗歌,可以说每个字词里都浸透着现代感和后现代的疏离、陌生、荒诞、碎片化、空间置换,整体而言,是他居于成都这座"第四城"的灵魂的掠过、拷问与自白,是他对抗寂静与异化的爆发与呐喊。叔本华说过,人只有面对死亡才能最深刻地体现人性与人生的哲学意蕴。故而,他的诗里更多地直面这一主题,为此他不吝"自暴自弃"(丑化自己),像《华西医院》《衰老卷》《咳嗽卷》等篇目,写得很有"骨感",乃至可以见到伤口血痕。为此他无所畏惧,甚至想象:"最后我的眼睛全部恶化"(《九眼桥》),"只在枯萎的玫瑰衰老的身体中闻到内心的忧伤"(《没有个性的美人》)。

显而易见,王学东诗作更多受到西方现代文学尤其是现代派文学的影响。中国诗歌的浪漫主义风格对其影响兴许有之,但现代派、后现代派、荒诞主义显然更是其倾向。

但丁诗篇《飨宴第2篇》写道:

  我确信我的诗歌没有几个人
  会去努力理解其推论……
  若在我的声音里至少发现一首乐章
  也会让他们狂喜不止。

我想王学东正是抱着这样的想法,"不求甚解",也不撷拾对他来说容易到手的典故、体例,从而选择趋害避利、去熟就生、独辟蹊径,像在城市的夜晚独自冒险,任灵魂"街舞""尬舞"。正如他自序《我和诗与思》结尾所言:"对于现代社会语境下真实的日常生活来说，这一种以改变诗意的力量来改变世界的期望只能是乌托邦式的构想。现在社会仍受到社会意识形态、技术量化标准、物质主义的多重制约和控制。在这一格局之下，人们极易迷失人生的方向，失掉做人的准则，最终导致人的价值的沦陷。……自我生命才能在诗意的幻境中获得价值和意义。"① 他认为现代诗歌所表现的绝望感，代表了新诗比较突出的成就。也许这是一己之见、一家之言，但他身体力行，将自己的余暇"痛饮狂歌空度日"，我觉得这都是有益而有勇气的尝试。古斯塔夫·缪勒评介但丁说："他的三个世界构成了一个想象帝国，这一帝国从边缘到中心被根据不同的理解程度精心分成了三个哲学层面。但三个层面中的每一个层面都具有同一的三维结构：深、宽、高。"② 我不是说王学东可以与但丁相提并论了，但他的诗风，的确是在这一路线上突进，也许这只是偶然，并非刻意。虽然我个人的喜好还在于有着中国古典文学气息的新古典主义诗歌，但对他这一风格，我也不抱排斥态度，相反，他的诗集，我拿到手中，一口气读至篇末，还反复细读了多首。我认为他不是无病呻吟，而是书写了内心最神秘、最敏感、最柔软的那一部分，表现狂野，实则细腻。总而言之，这部作品彰显出了一名诗人比较明显的个性，而作者的探索是显见的，毕竟："艺术需要艺术来点亮，一个拿着火炬的人点亮了一代代后继者手中的火炬。伟大艺术的

---

① 王学东：《现代诗歌机器》，四川民族出版社 2017 年版，第 6 页。
② [美]古斯塔夫·缪勒：《文学的哲学》，孙宜学、郭洪涛译，广西师范大学出版社 2001 年版，第 79 页。

一个'秘密'就是'对其他伟大艺术的长期研究和伟大的爱'。"①

　　王学东在立志长期研究的道路上可以走得更远,而其诗歌创作,尤其是他的"现代诗歌机器"体式作品,相信也会赢得更多的读者、更多的理解。

(作者单位:四川大学文学与新闻学院)

---

　　① [美]古斯塔夫·缪勒:《文学的哲学》,孙宜学、郭洪涛译,广西师范大学出版社2001年版,第79页。